Für Nicolas und Lennart
und Christine, ohne die alles nichts wäre.

«Don't disturb them, leave them like they are!»

Chief Magistrate Warren Christian

Varming, 3. September

Seit gestern beheize ich sein Arbeitszimmer wieder. Ich musste mich überwinden, den Raum noch einmal zu betreten, aber die Kälte drückte an die Tür und durch die Ritzen, es war einfach nicht mehr auszuhalten. Jetzt ist es besser. Obwohl mir unangenehm ist, wie die Wärme dieses Zimmer, in dem sich Karnstedt sicherlich die meiste Zeit aufhielt, sonderbar zu beleben scheint.

Ich meine nicht die Geräusche. Überall um mich herum knackst und rumpelt, poltert und pfeift es, und am Anfang schlich ich nachts oft im Schlafanzug durch das alte Haus, klopfte die Wände ab und drehte an den Heizungsventilen – bis ich es schließlich aufgab, den Geräuschen auf den Grund zu gehen. Nein, das stört mich nicht mehr; es ist eine andere Unruhe, die jetzt von diesem Zimmer ausgeht. Als sei mit der Wärme auch das Leben zurückgekehrt, als drängte eine Kraft danach, endlich die Ordnung in diesem Raum wiederherzustellen – die leeren, geöffneten Schubladen wieder einzuräumen und zu schließen, die Bücher zurück an ihren Platz zu stellen, die Papiere und Fotos zu sichten. Ich ließ das Zimmer, wie ich es bei meiner Ankunft vorgefunden hatte: verwüstet. Doch solange es kalt war und der muffig feuchte Geruch durch die Ritzen drang, fiel es leichter, mir vorzustellen, dass irgendeine Gewalt Karnstedt aus seinem Alltag gerissen hatte, ein Ereignis oder vielleicht seine seelische Verfassung es ihm unmöglich machten, sein Leben und die Arbeit fortzusetzen, dass er einfach verschwunden war, unauffindbar. Jetzt hingegen ertappe ich mich oft dabei, wie ich zu der geschlossenen Tür des Zimmers blicke in der Erwartung, Karnstedt würde sie im nächsten Augenblick öffnen und vor mir stehen.

Er muss wie ein Wahnsinniger getobt haben. Gerade hier angekommen, stand ich gebückt in dem niedrigen Türrahmen, hielt die Reisetasche noch in der Hand. Winthrop konnte die alte Tür nur unter Anstrengung öffnen, als lehnte sich von innen jemand dagegen, und so sah ich die ganze Zerstörung, die Verwüstung des Zimmers nur durch den Spalt, der langsam breiter wurde.

«Du hast Erklärung dafür?», fragte er mich in seinem deutsch-dänischen Singsang, der kein *Sie* kennt. Er stakste kopfschüttelnd durch den Trümmerhaufen aus Disketten, Büchern und Ordnern, als überquere er ein Minenfeld, stieg über umgeworfene Regale, räumte einen kaputtgeschlagenen Stuhl beiseite, um das Fenster zu erreichen. Er öffnete es und atmete tief durch.

Draußen fuhr der Wind durch die Bäume, rauschte ins Zimmer und wirbelte die Zettel und Papiere auf dem Fußboden hoch.

Ich starrte in den Raum, wagte nicht, mich umzusehen. Unwillkürlich rechnete ich damit, eine Leiche zu entde-

cken. Wenn ein Zimmer so aussieht, dachte ich, muss es
eine Leiche geben. Dann hat darin ein Kampf auf Leben
und Tod stattgefunden – so nennt man das doch –, ein
Kampf, den einer verloren hat, einer, der hier liegen geblieben ist, ein verdrehtes Bündel Kleidung in der Ecke.

«Du hast?»

Der Anwalt konnte von mir keine Antwort erwarten.
Wie sollte ich das Chaos erklären können? Ich hatte zu
Karnstedt seit mehr als zwanzig Jahren keinen Kontakt
mehr gehabt. Ich war sein Schulfreund gewesen – sein
bester, kann man sagen. Sein einziger, das ist schon wahr.

«Und das war Grund, dir den Nachlass zu vertrauen,
den Verkauf von seinem Haus?»

Bei Winthrop klang jeder Satz wie eine Frage. Ich drehte mich weg, wischte die schwitzigen Hände an meiner
Hose ab und bat ihn, das Fenster wieder zu schließen.

Winthrop zeigte mir Karnstedts Abschiedsbrief. Ich
hatte gehofft, er würde mich durch das ganze Haus füh-
ren. Als wir über den Hof gegangen waren, staunte ich
über die Größe – ein Bauernhof für nur einen Menschen.
Schuppen, Stallungen, Wirtschaftsräume. Vor ein paar
hundert Jahren hatten mehrere Generationen unter diesem Dach gelebt: Knechte und Mägde, Gesinde. Ich dachte, der Anwalt würde mir all die Räume und Kammern
zeigen, mir erzählen können, was für ein Leben Karnstedt
hier geführt hatte. Doch ich wurde enttäuscht. Winthrop
hatte es eilig, wieder wegzukommen, zog einen wackeligen
Hocker unter dem Küchentisch hervor und wies mir den

einzigen Stuhl zu. Auf Besuch war Karnstedt nicht eingestellt gewesen.

Winthrop legte den Brief vor mir auf den Tisch. Er wartete, aber ich nahm ihn nicht. Ich konnte die paar Zeilen auch so sehen – von Hand geschrieben, in Dänisch. Ich erkannte Karnstedts Schrift sofort, diese unbeholfenen, fahrigen Linien. In fast unleserlichen Zeilen hatte er die Buchstaben auf das Papier gekrampft, wie früher; Tintenflecke in den Heften, blau gefärbte Fingerkuppen, der geniale Glatzkopf schrieb wie ein Drittklässler. Mein Herz klopfte mir im Hals, als ich meinen Namen erkannte, meinen von seiner Hand geschriebenen Namen. Meine Anschrift. Meine Telefonnummer.

Der Auftrag, mich nach seinem «Verschwinden» zu benachrichtigen, erklärte Winthrop. Er habe ihn vermutlich einen Tag später bekommen. Von Tod sei darin keine Rede. Natürlich wurde sofort veranlasst, nach Karnstedt zu suchen. Man dachte an ein Verbrechen – Winthrop wies zum Arbeitszimmer –, doch es gab sonst keine Anhaltspunkte. Eine Woche später wurde dann sein Auto von der Polizei entdeckt, auf einem Parkplatz im Norden bei Bulbjerg, und am Strand unterhalb des Vogelfelsens fand man verstreute Kleidungsstücke. Er musste völlig nackt ins Wasser gegangen sein.

«Nicht möglich, dass man deinen Freund noch findet – wegen die Strömung und Sog von Flut?»

Das war keine Frage. Winthrop stützte sich ab, lehnte sich über den Tisch zu mir.

«Dein Freund konnte schwimmen?»

Die Dielen knarrten bei seiner Bewegung. Ich spürte das Vibrieren der Holzbretter unter meinen Füßen. Die Erinnerung kam.

Karnstedt rannte vor mir über den Badesteg in die Dunkelheit – rannte mit dumpfen Schritten zum schwarzen vom Nachthimmel glänzenden See, kippte ins Nichts, das ihn verschluckte, in die Stille. Bis sein kahler Kopf wieder auftauchte, vor mir, ein Stück entfernt schon, im Wasser auf- und abtauchte. Wir riefen uns beim Namen. Es gab nichts Schöneres, als in der Nacht den eigenen Namen zu hören – unsere Namen an unserem See. Karnstedt durchschnitt seine Oberfläche, an den Schnitten blinkte weißes Mondlicht, und das Wasser perlte an seiner Fischhaut ab. Trocken und kühl fühlte sie sich an. Wir lachten uns zu. Ob er schwimmen konnte? Wie eine Forelle.

Der Anwalt legte den Kopf schief. Ich war in Gedanken, entschuldigte mich und zuckte mit den Achseln. Er musste ja nicht alles wissen.

Alles werde sehr schnell gehen, meinte Winthrop. Es gebe schon Kaufinteressenten, in den nächsten Tagen würden sie sich melden. Er habe das für mich arrangiert, sagte er mit beleidigtem Gesichtsausdruck, ich wolle sicher schnell wieder nach Hause. Familie wartet? Offensichtlich konnte er es nur schwer verkraften, dass ihn Karnstedt als Anwalt übergangen hatte. Warum ich? Es wäre doch seine Aufgabe gewesen. Ich dankte ihm für alles, so herzlich ich konnte. Über Karnstedt war von ihm nichts mehr zu erfahren. Auch den Brief nahm er wieder mit.

Ich stand in der Küche, beugte mich über den Spülstein, um aus dem kleinen Fenster auf den Hof sehen zu können. Winthrop überquerte ihn langsam, blieb stehen, drehte sich noch einmal um, zögerte, als wäre ihm noch etwas eingefallen, ging aber doch – jetzt schnellen Schrittes – weiter und verschwand schließlich hinter dem Zaun zur Straße. Mit einem Mal stieg mir ein Geruch von Gewürzen, Fett und Rauch in die Nase. Karnstedt hat hier gelebt. Und er hat meine Adresse gekannt.

Varming, 4. September

Seit meiner Ankunft habe ich nichts verändert. Bis vorgestern hatte ich das Arbeitszimmer nicht mehr betreten, aus meiner Reisetasche nahm ich lediglich das Waschzeug und frische Unterwäsche. Auf meine Anwesenheit weist nur die Zahnbürste, die in einem Glas auf der Ablage im Badezimmer steht, neben seiner elektrischen, seinem Deo, seiner Creme. Karnstedt ist überall. Ich sehe in den Spiegel und wundere mich, dass es mein Gesicht ist, das mich daraus anblickt. Jeder Raum, jeder Gegenstand zeugt von seinem Leben, seinem Alltag – die auf der Anrichte liegen gebliebene Telefonabrechnung, eine Eintrittskarte ins Wikinger-Museum, in einem Stoffbeutel der zerknüllte Kassenbon vom Supermarkt. Das ganze Haus erinnert sich an ihn. Jeder Raum bewahrt andächtig seine hinterlassenen Spuren und behandelt mich mit unglaublicher Gleichgültigkeit. Es wäre ganz logisch, wenn sich auch der Spiegel nicht umgestellt hätte und immer noch seinen kahlen Kopf zeigte.

Ich versuche oft, Karnstedts letzte Tage zu rekonstruieren, vergleiche die Posten auf dem Kassenzettel mit den Lebensmitteln im Vorratsschrank, reime mir zusammen, was er in der ihm verbliebenen Zeit gegessen und getrunken und offenbar kurz vor seinem Verschwinden bei Brugsen am späten Nachmittag gekauft hatte: let – Milch, fløde – Sahne, hering und kartofler, übersetze ich aus einem Lexikon. Karnstedt lacht über mich: *Na, Simon, wie reimst du dir die Feinstrumpfhose und die Haartönung zusammen? So was braucht dein alter Freund doch gar nicht.* Ich falte die Dänemarkkarte auf dem Küchentisch auf, suche und folge der Route nach Bulbjerg, frage mich, wie der letzte Abend verlaufen ist. Sein letzter Abend. Was ist passiert? Karnstedt ist aufgebracht, wütend, verzweifelt – warum? Er verwüstet sein Arbeitszimmer – weshalb? Er rennt aus dem Haus zum Auto – man schlendert nicht über den Hof, nachdem man sein Arbeitszimmer verwüstet hat. Es ist dunkel. Er fährt los, er rast über die Landstraße – ohne Ziel? Einfach drauflos, zur Autobahn, immer weiter, in den Norden, aber er achtet nicht darauf – oder doch? Er will sich umbringen – warum fährt er dann stundenlang? Er nimmt eine Ausfahrt – woran denkt er? Er nimmt eine Abzweigung – dass er sie in der Dunkelheit überhaupt gesehen hat! Hat er sie gekannt, gesucht, ausgewählt? Er muss ruhiger geworden sein, keiner fährt stundenlang, ohne sich zu beruhigen. Er muss sich auf die Straße konzentrieren. Er fährt das Sträßchen nach Bulbjerg. Stockfinster. Die Straße endet. Ein Aussichtspunkt. Er stellt den Wagen ab, hört die Brandung. Der Wind ist kalt, im Auto war es warm. Er hat die Heizung angeschaltet, oder? Fährt einer, der sich umbringen will, stundenlang im kalten Auto? Er will sich nicht umbringen, er will nur ans

Meer. Aber das hätte er früher haben können! Er will zum Vogelfelsen. Was verbindet ihn mit diesem Ort? Er stolpert den Weg hoch. Ein alter Bunker aus dem Zweiten Weltkrieg – was will er dort? Er nimmt gleich den Weg zum Strand. Der Wind schneidet ihm ins Gesicht. Er will sich umbringen. Er zieht sich aus. Warum? Er geht ins Wasser.

Ob er schwimmen konnte?

«Wie eine Forelle!»

Es ist alles noch da, was, Simon?

Mir hallt Löwes Stimme noch im Ohr.

Vielleicht sollte ich Winthrop erzählen, wie alles angefangen hat. Vielleicht sollte er wissen, wann alles begann.

Ich sehe ihn vor mir: unseren Sport- und Biolehrer, der sich im Hallenbad erst nach dem Unterricht beim Duschen nass machte und den Karnstedt wegen seiner roten Mähne und rauen Stimme Löwe nannte. Er hatte uns aus dem Wasser gescheucht und an den Beckenrand gestellt, während Karnstedt seine Bahnen zog, pfeilschnell unter Wasser, als brauchte er keine Luft zum Atmen. Er musste keine Badekappe tragen, er hatte keine Haare, hatte nie welche gehabt.

Wir sollten uns ansehen, was es heißt: «zu schwimmen». Und sie stellten sich auf, frierend in einer Reihe, die Zwölfjährigen, für die das Hallenbad zum Ort der Niederlagen wurde, zum Ort, wo man die Hosen runterließ und in den eigenen Pfützen stand.

Ich stand abseits – der kleine Simon, ich erkenne ihn. Er beobachtete die anderen, die auf Karnstedts verschwommenen Wasserschatten starrten: Das war einer von ihnen, der nicht zu ihnen gehörte. Ich sah, wie Tummer die Faust ballte und die Lippen schmal machte. Er war der Anführer, er hatte den Längsten. Der kleine Simon erwartete nicht, dass sie Karnstedt dieses Mal verschonen würden.

Die Jagdrufe hallten durch die Duschräume. Patschende Füße und Geschrei, das von den Kacheln und Fliesen hallte.

«Wo steckt er, he, wo steckst du?»

Sie suchten die Kabinen ab.

«Der Fisch, der Fisch, wir fangen den Fisch!»

Simon fand ihn noch vor den anderen. Karnstedt hatte sich unter der Dusche für die Behinderten versteckt, kauerte in der Ecke, die Lippen zusammengepresst. Das Wasser stürzte auf ihn herunter, überzog ihn als glänzende Folie. Er zitterte.

«Sie kommen! Los doch, hau ab!»

Simon versuchte seinen Arm zu fassen. Er glitschte ihm unter den Händen weg.

«Heute ist er wieder dran!»

Sie hörten Tummers Stimme näher kommen. Das alte Spiel.

Karnstedt streckte die Hand aus, aber nicht um Simon zu erreichen. Er griff nach oben zum Mischer, drehte ihn zum Anschlag. Sofort hüllte ihn eine Wolke heißen

Dampfes ein. Simon zog schreiend seinen Arm aus dem kochend heißen Duschstrahl.

«Heute – kriegen sie mich nicht ...»

Karnstedt japste atemlos.

«Hör auf damit, spinnst du – komm raus, du verbrühst dich ja, bitte, bitte.»

«Da! Ich hab ihn!»

Tummer winkte den anderen, ließ triumphierend die Bürste über seinem Kopf kreisen, die Bürste mit den harten Borsten, die er von zu Hause mitbrachte. Ihre Gesichter tauchten im Dampf auf. Wild brüllten sie durcheinander, die Augen rot vom Chlorwasser. Sie wollten ihn aus der Dusche ziehen, auf den Boden drücken, seinen nassen glänzenden Leib über die Fliesen schleifen, zappelnd, zwei an den Händen, zwei an den Füßen, als hätten sie einen Fisch gefangen; gefangen und an Land geschleppt und dann: ein kleiner Schlag auf den Hinterkopf – erhöht das Denkvermögen, sagt Löwe immer, aber der Karnstedt hat das ja nicht nötig, ist sowieso der Klassenbeste. Für ihn ein Schlag hinter die Kiemen, mit der Handkante – so gehörts dem Fisch, damit ihn Tummer putzen kann, wie man einen Fisch halt putzt. Schrubbt ihn ab mit der Bürste, unter grölendem Gelächter, bis die haarlose Haut rot wird, um ihn dann auszunehmen, einen Schnitt mit dem Messer, über den Bauch und die Brust hoch bis zum Kopf.

«Lecker Fisch, lecker Fisch!»

Ist doch nur Spaß, ist doch nur der Stiel der Bürste.

Simon schrie. Für ihn war es ein Messer, was Tummer in der Hand hielt, und er setzte den Schnitt, tat es wirklich, weil Karnstedt nicht so war wie sie, weil sie sich in ihm nicht fanden, weil ihm die lächerlichen Haare fehlten.

Doch dieses Mal bekam den Fisch keiner zu fassen. Karnstedt kauerte inmitten der Dampfwolke im kochenden Strahl und war unangreifbar. Jaulend zogen sie ihre Hände zurück, wenn sie nach ihm greifen wollten, vom Wasser verbrüht, das Karnstedt wie eine Glocke umgab.

«Das gibt's doch nicht!»

«Wie hält er das aus?»

«Lass mich versuchen!»

Simon hörte nicht mehr auf zu schreien.

Und je mehr er schrie, desto lauter schrien die anderen, kläfften und schnappten wie eine Meute wild gewordener Hunde, die Beute vor der Nase und doch unerreichbar.

Bis Löwes Stimme durch den Duschraum dröhnte. Der rot behaarte Löwe, das nass glänzende Fell auf den Schultern, sprang fluchend heran, zerrte die anderen auseinander, packte Karnstedt an den Armen und zog ihn aus dem Wasserstrahl. Karnstedt kippte einfach weg. Simon konnte seinen glühend heißen Körper gerade noch halten, bevor er auf die Fliesen schlug. Löwe trug ihn nach draußen. Die anderen waren still geworden.

Karnstedt hatte ihnen gründlich die Show vermasselt. Der Rettungswagen fuhr mit Blaulicht und Sirene ins Krankenhaus. Simon saß plötzlich im Wagen und fühlte sich wichtig, so wichtig wie die Sanitäter, die den Fisch in glibbriges Gel und blaue Folie packten.

«Duschen, unter denen man Eier kochen kann. Die haben sie ja nicht mehr alle, ein paar Grad mehr, und man hätte die Haut abziehen können», sagte ein Sanitäter.

«Interessanter Fall, der Junge hat keine Behaarung, weder sekundär noch primär – das Gegenteil vom Wolfsmensch», sagte der Arzt und sah Simon an, als ob er es verstanden hätte. Simon zuckte die Achseln.

«Dein Freund wird's überleben», flüsterte der Sanitäter und lächelte Simon zu. «Vielleicht wird er ein paar Narben haben.»

Und Simon wollte sagen: Er ist nicht mein Freund, ich habe keinen Freund, aber er fühlte, dass er es nicht mehr zu entscheiden hatte. Man sucht sich seine Freunde nicht aus, man findet sie – wie Ammoniten. Und dann hat man sie ein Leben lang.

Das habe ich damals gedacht, während wir durch die Straßen unserer Stadt fuhren, die ich nicht mehr wiedererkannte.

Eine Woche später saß Karnstedt wieder bei Löwe im Unterricht, neben mir.

Ich erinnere mich.

Varming, 7. September

Keine Nacht vergeht, in der ich nicht von damals träume. Träume mit dem Geruch von Tabak und Zuckerzeug. Träume mit dem Blick auf die morgenblaue Straße vor dem Laden meiner Mutter.

Manchmal glaube ich, Karnstedts Stimme zu hören. Ich schrecke auf, horche, gehe mit eingezogenem Kopf unter der schiefen Decke aus dem Schlafzimmer und geduckt durch die Tür. Aus dem Geruch von Stall und Tieren in die kalte Diele, die nach Stein und Erde riecht.

Ich spüre, wie der Wind von draußen gegen die Tür drückt. Unablässig. Wie er nur für Augenblicke etwas nachlässt, um Anlauf zu nehmen und sich erneut und noch heftiger dagegenzuwerfen.

Zwei Tage lang habe ich versucht, Winthrop zu erreichen. Er wird sich melden, hieß es in seinem Büro. Jedenfalls verstand ich es so.

Als das Telefon schließlich klingelte, erschrak ich. Ich nahm den Hörer ab und horchte, ohne mich zu melden.

«Du hast angerufen, weil du mir etwas sagen willst?»

Ich hatte dem Anwalt nichts zu sagen. Winthrop kündigte an, dass er mit jemandem vorbeikomme – ein Fotograf, sehr kaufwillig, spräche hervorragend Deutsch, wolle mit Familie einziehen.

«Du hast alles schön gemacht?»

Ich lachte, aber der Anwalt hatte es weder scherzhaft noch als Frage gemeint.

Winthrops Anruf gab mir Hoffnung. Obwohl ich das Gefühl nicht loswerde, dass er mich für die Situation, ja sogar für Karnstedts Verschwinden irgendwie verantwortlich macht, bin ich froh, mich hier nicht einrichten zu müssen. Ich will Karnstedts Spuren nicht mehr folgen. Ich will das Haus verkaufen und wieder abreisen.

Karnstedt hat mit seinem Auftrag mein Leben unterbrochen. Er hat einen Staudamm im Fluss der Zeit errichtet, Gott gespielt, wie damals. Veränderte Umweltbedingungen verändern Populationen. Tausende Pinguine verlieren ihr Leben, weil ihnen ein Eisberg den Zugang zum Meer versperrt. Vielleicht hat es einen Sinn, weil sich die Fischgründe erholen – vielleicht aber auch nicht. Ich habe solche Spiele bei Karnstedt gelernt, und ich habe auch erst bei ihm gelernt, mich mit Sinnlosigkeit zu befassen.

Karnstedt spielt mit mir. Karnstedt will mir zeigen, dass die alten Zeiten nicht spurlos vergangen sind. Dass sie Schicht für Schicht, konserviert unter Vulkanasche liegen. Karnstedt und ich – vom Ausbruch überrascht, und jetzt soll ich uns wieder freilegen. Eine paläontologische Aufgabe hat er mir gestellt, eine Exkursion unter Fachleuten. Ich soll Karnstedts Knochen finden und wieder zusammensetzen. Das hat er sich so gedacht – der kahle Karnstedt. Den Gefallen will ich ihm nicht tun.

Nach Winthrops Anruf fasste ich einen Entschluss. Der Käufer sollte das Haus sofort übernehmen können, ich wollte keine Zeit mehr verlieren. Ich fuhr zu Brugsen, ließ mir den Kofferraum mit Kartons und leeren Kisten füllen. Der Marktchef persönlich schüttelte mir die Hand. «Sag Thorwald zu mir!»

Er kümmerte sich rührend um mich – sicher nur, um herauszufinden, ob ich womöglich mehr über Karnstedts Schicksal wusste. Ich musste ihn enttäuschen und fragte auch nicht, ob Karnstedt mit einer Frau zusammengelebt hatte. Ich bezahlte eine Tüte voll Putzmittel und krempelte die Ärmel hoch.

Einen Tag lang schrubbte und scheuerte ich die Fliesen, den zerkratzten Spülstein und Herd – bis meine Hände rot und schrumpelig waren. Keine Ahnung, was ich da für Zeug gekauft hatte. Auf die maroden Dielen rollte ich den Wollteppich, mit dem die Schwelle zum Arbeitszimmer abgedichtet war. Er ist schön bunt und macht die Küche freundlicher.

Dann begann ich auszumisten. Vier Räume im Haupthaus – das Arbeitszimmer ausgenommen. Die Stallungen und Kammern im Nebenhaus vor der Pferdeweide waren mit alten landwirtschaftlichen Geräten voll gestellt. Große mit Rost überzogene Zinken streckten sich mir entgegen, eingekeilt von Motorblöcken und Traktorteilen. Dort konnte ich nichts tun.

Ich fing mit dem Kaminzimmer an, in dem außer einem großen schweren Holztisch und einem Schrank keine Möbel standen. Der Raum wirkte seltsam unbewohnt, doch in den gekalkten Wänden steckten noch Nägel, und dunkle Ränder zeugten von Bildern, die hier bis vor kurzem gehangen hatten. In einem verschlossenen Schrank vermutete ich alte Kleidung und Plunder, den ich ohne durchzusehen schnell wegpacken könnte. Ich fand den Schlüssel auf dem Fußboden, er war heruntergefallen und weit unter den Schrank gerutscht. Mit einem Besenstiel holte ich ihn in einem Nest aus Staubflusen und Spinnweben hervor. Und schloss auf.

Ich breitete noch die Arme aus, aber ich konnte die Lawine nicht aufhalten. Die ganze Welt brach aus dem Kasten. Die Stapel rutschten, prasselten und donnerten auf mich herab, als würde mit den Zeitschriften und Magazinen auch das ganze unsägliche Haus, von dreihundert Jahren niedergedrückt und verbogen, endgültig über mir zusammenbrechen.

Roofs of the World, Sea Diver, National Geographic. Aufgeplatzte Päckchen ganzer Jahrgänge. Der Fußboden war übersät mit Bildern, Entdeckungen und Abenteuern. Eine Welt ohne Gesichter, ohne Worte. Eine Welt so einsam und unerreichbar schön, dass man an ihre Existenz nicht glauben würde, hätte man die Bilder nicht vor Augen.

Ich ging auf die Knie. Eine Sammelmappe hatte meinen Fuß getroffen, vor Schmerz tränten mir die Augen.

Ich zog meinen Schuh von dem anschwellenden Gelenk und sah um mich.

In den aufgeschlagenen Magazinen öffneten sich Lagunen, endlose Urwälder, über deren Blätterdächern Helikopter kreisten, Netze im Schlepptau, um Insekten und Vögel zu fangen. Fremdartige Tiere, die nur in den Wipfeln der Bäume lebten. Bilder von Universen, geschichtet aus tausenden von Ober-Zwischen-Unterwelten.

Mein Blick fiel auf den Rücken einer Zeitschriftenmappe. Ein von Karnstedt beschriftetes Etikett klebte darauf: *Henderson Island.*

Ich vergaß zu atmen.

Karnstedt hat die Magazine gesammelt. Wer weiß, wann er damit begonnen hatte und wie lange. Jahrzehnte. Damals konnten wir sie uns nicht leisten. Sie standen im Regal, aufrecht und stolz, abseits vom Klatsch und Tratsch, den Rätselheften und der Lotto-Toto-Theke. Nur zur Ansicht hatte sie Mutter in den Laden genommen – für Karnstedt und mich. In der Bergstraße bedeuteten diese fremden Welten nichts. Für das kleine Leben waren sie viel zu groß. Aber Karnstedt und mich hatten sie erhoben – über die Grenzen der Straße und Stadt und das eigene mickrige Leben. Wir fanden unsere eigenen Orte. In Mutters Laden. Weit entfernt von den Männern, die sich dort tagaus, tagein trafen, fette Druckerschwärze an den Fingern. Wir rochen ihren Atem nicht, hörten nicht auf ihre Meinungen über eine Welt, die sie, auf billigem Papier gedruckt, in ihre speckigen Aktentaschen stecken konnten. Mutter lächelte, blinzelte ab und zu verstohlen zu uns herüber, und manchmal seufzte sie, als hätten sich die Welten, die wir mit glänzenden Augen in unseren Händen hielten, für sie längst erledigt. Als lebten wir für eine große Liebe, für die man jung sein muss und schlank, und der sie in ihrem Leben nie begegnet war.

Am fünfzehnten jeden Monats schnürte sie die Hefte im Laden zu einem Päckchen zusammen und schickte sie an den Großhändler zurück, ohne je eines zu verkaufen. Dann kamen die nächsten. Unsere Leidenschaft sollte nicht vergehen, für uns war es noch nicht zu spät. Wir gingen ins Gymnasium, würden studieren. Wir würden die Welt bereisen und uns einen Namen machen. Die Bergstraße spielte jetzt schon keine Rolle mehr in unserem Leben, wir waren längst weg – blickten empor zu steil aufragenden Kalksteinklippen, folgten den Vögeln, die den Felskranz umflogen, stürzten zum Meer, glitten über das dichte buschige Grün der Insel, um darin zu verschwinden.

«Ich ... ich kann dir helfen?»

Winthrop stand an der Tür und räusperte sich. Ich weiß nicht, wie oft er seine Frage schon wiederholt, wie lange er mich beobachtet hatte. Ich sah ihn an, als käme er aus einer anderen Welt.

«Du kannst.»

Ich streckte meine Hand aus.

Er half mir in die Küche zu humpeln, umwickelte meinen Fuß mit einem feuchten Geschirrtuch und legte ihn hoch. Er bot mir Tee an und nahm die richtige Dose unter vielen anderen mit einem Griff aus dem Regal. Wie oft er wohl Karnstedt geholfen hatte. Und wobei.

Noch ganz benommen blätterte ich in Karnstedts Recherche. Die Insel hatte ihn in all den Jahren nicht losgelassen. Henderson Island. Im Pazifik, unberührt, ohne Quellen und essbare Früchte, kein Raum für Menschen. Nicht einmal ein Land für Schiffbrüchige, die alles verloren haben. Karnstedt hatte die Geschichte der Insel und ihr Geheimnis für uns entdeckt.

«Ihr müsst gute Freunde gewesen sein. Sehr gute.»

Winthrop konnte nicht nur Fragen stellen. Er sah mich über seine dampfende Tasse hinweg an.

«Die besten.»

Er schüttelte den Kopf.

«Dann wärt ihr Freunde geblieben.»

«Sind wir ja – irgendwie. Hätte er mich sonst beauftragt? Wäre ich sonst hier?»

War ich Karnstedt auch seit der Schulzeit und dem Bruch unserer Freundschaft nicht mehr begegnet, aus den Augen verloren hatte ich ihn nicht. Als würde uns ein unsichtbares Band verbinden, hatte ich über die Jahre hinweg Informationen über ihn bekommen, ohne selbst Nachforschungen anzustellen. Die Neuigkeiten über ihn erreichten mich mit solcher Regelmäßigkeit und in den überraschendsten Momenten, dass ich mich bei dem Gedanken ertappte, er sei auch im übersinnlichen Bereich

tätig, sitze irgendwo an einem dunklen Ort vor seiner all-
wissenden Glaskugel, in der er jeden meiner Schritte verfolgen konnte. Er musste nur auf die passenden Gelegenheiten warten, um mir seine Nachrichten und Boten zu
schicken. Einmal war es die Begegnung mit einem ehemaligen Mitschüler, der mir im Zug zwischen Göttingen
und Hannover von Karnstedts Biologiestudium in Eng-
land erzählte, von dem er selbst auch nur über Umwege
erfahren hatte. Monate später stieß ich beim wahllosen
Blättern in der Auslage eines Zeitungskiosks auf seinen
Namen – im Artikel über eine Ausstellung zur ersten
Deutschen Tiefsee-Expedition 1898/99, an deren Konzep-
tion Karnstedt maßgeblich beteiligt war. Unzählige Zu-
fälle dieser Art ließen mich Karnstedts Leben und Lauf-
bahn verfolgen, und ich wunderte mich kaum über die
verschlungenen Pfade, die er einschlug: Biologie, Geo-
logie, Philosophie, Anthropologie. Überall tauchte sein
Name auf, in jeder Disziplin mischte er mit, und mir ent-
ging auch nicht, dass ihm gerade diese «Vielseitigkeit»
immer lauter den Ruf eingebracht hatte, ein Exzentriker,
wenn nicht sogar ein Spinner zu sein.

Aber er war wenigstens im Gespräch. Im Gegensatz zu
mir. Ich hatte es während des Studiums versäumt, Kon-
takte zu knüpfen, mich zu profilieren. Der ausgebildete
Paläontologe Simon Welde war nicht mehr wert als der
Schüler Simon, der schon vor zwanzig Jahren im Steinbruch nach versteinerten Muscheln gesucht hatte. Die
Mitarbeit an einem Bestimmungsatlas für Fossilien war

meine ganze Hoffnung und mein Stolz gewesen, doch, nach Jahren fertig gestellt, konnte ich vierzigjährig nicht mehr vorweisen als meinen klein gedruckten Namen unter mehr als einem Dutzend anderer Autoren. Und eine Freundin, die mich gern als ihren Mann bezeichnet hätte – auch ohne Heirat. Aber du suchst ja nach deiner Zukunft wie die Knochensucher nach unserer Vergangenheit: meistens an den falschen Stellen, hatte sie gesagt.

Ich gebe es zu: Als ich Winthrops Nachricht von Karnstedts Verschwinden bekam, hatte ich bei dem Entschluss, seinen letzten Willen zu erfüllen, auch an mich gedacht. Ich dachte nicht an Geld – der Kauferlös des Hauses soll an verschiedene Einrichtungen fließen, viel wird es nicht sein –, nein, ich wurde auf seine Arbeit neugierig. Tatsächlich waren schon seit einiger Zeit alle Zeichen von Karnstedts Aktivitäten ausgeblieben. Vielleicht hatte er sich zurückgezogen, um an einem größeren Projekt zu arbeiten, vielleicht würde ich als Erster erfahren, wie dieses Projekt aussah. Karnstedt wollte es offenbar so. Aber ich hatte nicht mit einem verwüsteten Arbeitszimmer und Hirngespinsten gerechnet. Trotz Karriere war auch Karnstedt auf seine Art stehen geblieben. Er hatte unsere Jugendträume nie vergessen.

The Mystery of the Henderson Skeletons

Winthrop setzte seine Tasse ab und vermied, mich anzusehen.

«Ich weiß nicht, warum du letzten Willen erfüllst, und

ich kann nicht sagen, warum er dich beauftragt hat. Bestimmt nicht Freundschaft.»

Ich sah Winthrop verdutzt an.

«Du erzählst mir, was damals passiert ist?»

«Was soll schon passiert sein?»

Freundschaften gehen auseinander, das ist ganz normal. Man geht ein Stück gemeinsam, und dann trennen sich eben die Wege. Man lässt den anderen zurück, und keiner sollte in die Situation kommen, umkehren zu müssen. Was musste ich Karnstedts Anwalt Rechenschaft ablegen.

Winthrop warf einen Blick in Karnstedts Ordner und sah mich misstrauisch an.

«Es war ein Traum. Wir haben uns das abenteuerlich vorgestellt – einsame Insel, ungelöste Rätsel. Wir sahen uns schon als gefeierte Forscher – meine Güte, so was träumt man doch in dem Alter!»

«Es kam etwas dazwischen?»

Ja, es kam etwas dazwischen.

Das Zeitalter der Reptilien ging zu Ende, weil es lange genug gedauert hatte und weil es ohnehin von vornherein ein Fehler gewesen war.

Will Cuppy, *Wie man ausstirbt*

So kann ein bestatteter Leichnam bereits nach wenigen Jahrzehnten völlig vergangen sein. Nur unter besonders günstigen Bedingungen werden hin und wieder größere oder kleinere Teile des Skeletts überliefert.

Alfred Czarnetzki

Mai, 1974

I

Karnstedt zog eine Farbdose aus der Jackentasche. Beim Schütteln klickerte die Kugel im Innern. Er riss den Deckel ab, trat in den Lichtschein der Lotto-Reklame und holte mit einem großen Bogen aus. Auf der Hauswand erschien eine gezackte rote Linie. Die Farbe sickerte in die Ritzen der Mauer.

Für einen Augenblick wurden die Häuser still. Simon sah sich um. Die grünen Lämpchen der neu installierten Gegensprechanlagen leuchteten noch immer, und die übergroße Schachtel HB im Schaufenster des Tabakladens hatte nicht aufgehört, sich zu drehen. Simon hörte das Schnarren der Mechanik und war beruhigt. Solange sie schnarrte, war nichts geschehen. In den Häusern wurde weiter geatmet, gegessen und geschlafen, und die vierzig hochmodernen Kontrolllämpchen wachten über die alten Türen. Keine Störung.

Karnstedt sprühte auf die Linie eine Senkrechte, die eine Art Schlangenkopf trug; aus der Mitte der Senkrechten schossen zwei Pfeile nach rechts, einer nach oben, der andere nach unten. Sein Gesicht war von der Farbe gesprenkelt, als hätte er Ausschlag, und seine schwarze Wollmütze, die er immer trug – heruntergezogen bis über die Augenwülste, wo andere ihre Brauen hatten –, war von kleinen roten Punkten übersät. Er sah Simon erwartungsvoll an.

Simon nahm ihm die Mütze vom Kopf und hielt sie vor seine Augen.

Die Mütze, die Karnstedts haarlosen Kopf abdeckte, hatte eine sauber gezogene Linie hinterlassen. Über den Augen von Ohr zu Ohr trennte sie die weiße Stirn und seinen kahlen Schädel vom rot schimmernden Rest.

«Die ist hin», sagte Karnstedt achselzuckend.

Er drückte Simon die Dose in die Hand. Farbe tropfte auf seine Finger.

«Mir fällt kein Zeichen ein.»

«Du brauchst aber eines. Komm, wir hauen ab, Simon, sonst erwischen sie dich noch! Ich schieb dein Fahrrad.» Karnstedt grinste.

Und sprühte weiter. Neben die Fenster mit den Plastikblumen und Reiseandenken, die keine waren, und auf den Werkstattwagen und Hofeingang des Klempners. Nicht nur die Ziegelreihen der alten Mietshäuser waren wie gemacht für Karnstedts Zeichen. Es war Sonnabend, zweiundzwanzig Uhr – keine Clique wartete auf sie.

Ein Streifenwagen bog aus der Uhlandgasse. Sie rannten gleichzeitig los, sahen sich nicht um.

Die Bergstraße stieg steil an, und Simons Kraft reichte

gerade noch, die schwere Tür aufzudrücken, die, kaum losgelassen, schon wieder hinter ihnen ins Schloss fiel. Als wären sie vor einem einsetzenden Sturm geflüchtet und hätten gerade noch rechtzeitig die Tür gegen den Wind aufgestemmt, während draußen das Unwetter losbrach.

Karnstedt ließ das Fahrrad gegen die Blechbriefkästen scheppern.

Sie erkannten den immer gleichen Widerhall der Geräusche, die immer gleichen Gerüche, die aus den Wohnungen drangen. In all den Jahren ihrer Freundschaft hatte sich nichts verändert.

Sie waren die Gejagten. Ob sie Seite an Seite mit wackelnden Schulranzen auf dem Rücken von einer Meute Mitschüler verfolgt oder Jahre später von Mofas überholt und eingekesselt worden waren – sie hatten immer entkommen müssen und mit klopfenden Herzen in dem Haus Nummer 54 Zuflucht gefunden.

Sie hörten sich atmen, saßen auf den Stufen im Dunkeln und horchten auf die Geräusche der Straße. Karnstedt teilte seine letzte Zigarette, und es war wie abgemacht, mit dem Rauchen zu warten, bis es draußen ganz still geworden war. Mit der Glut leuchteten ihre Gesichter auf. Sie wünschten sich weit weg. Sie hatten sich längst damit abgefunden, die Gejagten zu sein. Es lag an Karnstedts Glatzkopf, an Simons «Mädchenkörper» – seinen schmalen Händen, dem dünnen Armgelenk, das keine schwere silberne Kette hielt. Es lag an ihrer Freundschaft, an ihren Gedanken, die weiter trugen als die Mopeds ihrer Verfolger. Wo die mit leerem Tank liegen blieben, fingen ihre Reisen noch nicht einmal an. Sie träumten sich an breite Flüsse, auf denen Schiffe wartend bereitlagen – für ihre Expeditionen zu den unbekannten oder längst totgeglaubten Tieren, zu riesigen Vögeln, die nicht fliegen konnten, und schwarzen Wolken klebriger Insektenschwärme. Sie strandeten an Küsten, wo kein Mensch zuvor gewesen war, erkundeten Inseln, entdeckten fremdartige Tiere, so alt wie die Welt, weil sie die Angst vor Feinden nicht kannten. Henderson Island.

Knallend sprang Stockwerk für Stockwerk die Beleuchtung an, und jeder Tritt auf die bis zur letzten Maserung gewienerten Holzstufen machte sie ruhiger. Hier waren sie in Sicherheit. Nie war einer Hausverwaltung eingefallen, einen automatischen Türöffner einzubauen oder in Folie eingeschweißte Benutzerhinweise auszuhängen, wie sie jetzt in jedem Treppenhaus der Bergstraße zu finden waren; das Haus 54 wurde übersehen und mit ihm alle, die darin wohnten oder es betraten. Es existierte scheinbar nicht. Karnstedt war davon überzeugt, dass das allein an Simons fetter Mutter lag.

«Wenn man in eure Wohnung kommt, bleiben alle Uhren stehen», hatte er einmal gesagt. «Als würde ein starker Magnet alle Rädchen und Elektronik außer Kraft setzen. Ihrer Masse, sage ich dir, gehorchen Zeit und Raum; da könnte kein Steuermann nach dem Kompass Kurs halten.» Simon mochte nicht, wie Karnstedt über seine

Mutter sprach, aber Simons Mutter sprach auch nicht besser über ihn – es glich sich also aus. Und vor allem war sie unverletzbar. Das Wissen um die Lebensläufe, um die Vergangenheit und Zukunft der Menschen im Viertel, die jeden Freitag ihren Lottoschein bei ihr abgaben, hatte sich in ihr eingelagert, sie dick gepolstert. Ein Polster, in dem jede Kugel stecken blieb. Sie kannte alle Kaliber.

«Karnstedt ist einer, der es sowieso nicht leicht hat», orakelte sie, «und einer, der es sowieso nicht leicht hat, wird es nie leicht haben – nicht als Kind und auch nicht als Erwachsener, im ganzen Leben nicht.»

In gewisser Weise stand sie Karnstedt nahe, vielleicht war er ihr deshalb unheimlich. Ihr Schicksal waren ihre Körper. Wenn Simon seine viel zu dicke Mutter sah, wie sie schräg auf dem Sofa lag, die Leibesfülle nach Plan verteilt und angelehnt, die Beine hochgelegt, der dunkelblaue Kabelsalat unter der Haut notdürftig zusammengehalten und isoliert in Gummischläuchen – diese Stämme von Beinen, die tagaus, tagein im Tabakladen standen, hinter der Lotto-Toto-Kasse bei den Zeitschriften –, dann hatte Simon das Schicksal plastisch vor Augen. Und wenn er mit seinem Freund nach der Doppelstunde Schwimmen im Hallenbad duschte und sah, wie sie alle seinen Körper anstarrten, Karnstedt zur Sensation wurde, weil ihm irgendeine Laune der Natur kein einziges Härchen auf der Haut gönnte, dann wusste er, dass das Schicksal haarlos sein konnte oder eben fett.

Schon im Flur war ihre Salbe zu riechen – Rosskastanie

für die Venen – und der Mentholrauch, der durch ihre Lungen gegangen war.

«Macht nicht so lange!»

Sie hatte die Stimme eines Mannes. Simon holte die Zigaretten aus dem Wohnzimmer. Karnstedt blieb im Flur, atmete durch den Mund. Er hörte das Klackern der Kugeln im Fernsehapparat.

Als Simon herauskam, sah er durch den Spalt eine Neun in das Plastikröhrchen fallen. Vielleicht war es auch die Sechs. Ganz verloren lag sie da, die Zusatzzahl.

Vor der Wohnungstür horchten sie im Hausflur auf die Geräusche, warteten vergeblich auf einen Jubelschrei. Dann gingen sie nach oben. Die letzten Treppenstufen des Hauses führten zum Trockenboden und zu Simons Bude dahinter. Die Silchers, Kattwicks, Zeils und Gernwohls waren auch an diesem Samstagabend arm geblieben, doch Simon und Karnstedt gehörte hier unter dem Dach das ganze Haus – einschließlich Lisa Gernwohls Unterwäsche.

Karnstedts Gesicht glänzte im Licht der Glühbirne. Ein dünner Schweißfilm überzog seine glatte Haut, und über den Lippen sammelte sich das Wasser. Der Frühling staute sich auf dem Trockenboden. Karnstedt bekam kaum noch Luft, seine Beine wurden schwach. Simon verschwand hinter den hart getrockneten Laken und Badetüchern, die schwer auf den Wäscheleinen hingen. Versteckt in der letzten Reihe hingen Lisa Gernwohls Nylonstrümpfe und ihre Wäsche. Er nahm sie vorsichtig ab. Karnstedts Finger strichen über die mürbe gewordene Spitze und den verwaschenen Stoff. Sie vergruben ihre Nasen darin.

«Ich wünsch ihr alles Geld der Welt», sagte Simon.

Lange schwiegen sie. Karnstedt fläzte sich in Simons Bude auf den Fußboden, die Hände unter dem Kopf gefaltet. Es war warm und stickig unter den schrägen Wänden, und es roch nach den Steinen, die Simon dutzendweise in Schuhschachteln aufbewahrte.

Simon öffnete die Luke, ein schwacher Windhauch kam herein.

Die Stadtautobahn rauschte leise. Irgendwo brummte ein Familienstreit, zwitscherten Wellensittiche, pfiff ein Wasserkessel. Und während sich Karnstedt lang streckte, um eine Zigarette aus der Packung zu fischen, und Simons Feuerzeug feierlich Funken versprühte, kam durch die offene Dachluke das Wunschkonzert hereingeweht; die Radiosendung, in der alle Bergstraßen-Bewohner Deutschlands ihre Liebsten grüßten, die immer gerade woanders waren.

Karnstedt öffnete eine Schachtel und nahm den größten Ammoniten heraus. Er drehte den Stein, wog ihn in der Hand. Nachdenklich fuhr er mit den Fingerkuppen die Windungen nach.

«Wo waren wir stehen geblieben?», fragte er schließlich.

«Lisa Gernwohl hat mit dem jungen Kattwick geschlafen.»

Simon schloss die Schachtel, räumte sie mit den Büchern und Heften vom Tisch. Biologie mit dem grünen Einband legte er neben die Nachttischlampe. Noch drei Wochen bis zum Abitur.

«Richtig. Lisa bekommt ein Kind – wir nennen es Fred.»

«Fred?»

«Fred. Er wird eine schwere Kindheit haben. Kattwick hat Lisa nie geliebt, es war nur Geilheit. Sie muss sich alleine durchschlagen. Für Freds Leben wird es entscheidend, dass ...»

«Wieso überhaupt ein Kind?», fragte Simon.

«Weil jeder neue Mensch theoretisch das Potenzial hat, die Zukunft der ganzen Menschheit zu verändern. Die Wahrscheinlichkeit, dass er es tut, wird natürlich im Laufe seines Lebens immer kleiner.»

Simon stieg auf den Tisch und streckte den Kopf zur Luke hinaus. Eine Taube flatterte mit merkwürdig quietschendem Geräusch über ihn hinweg. Er bekam eine Gänsehaut. «Ich mag das Spiel nicht, wenn es um Menschen geht, die ich kenne. Wenn wir uns Schicksale für Pinguine ausdenken oder für uns selbst – meinetwegen, das ist was anderes, aber der Lisa begegne ich jeden Morgen, und dem Kattwick auch. Ich will nicht Gott spielen und in ihrem Leben herumpfuschen. Lass uns bei den Pinguinen bleiben oder den Dinosauriern. Nemesis ist was anderes. Ein Meteoreinschlag mag von mir aus alles Leben auf der Erde auslöschen, aber die Lisa von Kattwick schwängern ...»

Unten stand ein Auto schräg auf dem Gehweg geparkt,

die Türen weit geöffnet. Die Innenbeleuchtung leuchtete grell das leere Wageninnere aus, als wäre es irgendeine menschenleere Kneipe nach der Sperrstunde, die Stühle schon hochgestellt, aber das Radio noch aufgedreht – gewünscht von Sigrid aus Calw für ihren Mann, der noch unterwegs war, und für alle, die noch nicht zu Hause waren. Die Hauswand sog die Musik hoch wie Löschpapier Tinte, und die traurige Melodie weichte Simons Gemüt auf.

«He, Freund! Du bist nervös!», sagte Karnstedt und stieg zu Simon auf den Tisch. «Ist halt nicht einfach für unsereins. Wir sind anders als die anderen – aber, Junge, wir sind ihnen voraus!»

Er lachte und schnippte die Zigarette aufs Dach. Sie rollte mit sprühender Glut über die Schindeln, und ein Windstoß fegte sie über die Regenrinne hinweg nach unten.

«Wir werden es allen zeigen! Allen!»

Die Türen des geparkten Autos schlugen zu, ohne dass Simon bemerkt hatte, wie jemand eingestiegen war, und die Lichtkegel von sechs knatternden Mopeds kamen die Bergstraße entlang. Die Scheinwerfer des Wagens blendeten auf, er fuhr los, die Mopeds folgten ihm.

Sprich weiter, dachte Simon.

Simon hasste den Frühling und diese Aufbruchstimmung. Er hasste die Samstagabende und die eigene Unruhe, weil er wusste, dass er selbst vieles aufzubrechen hätte, was ihm bisher verschlossen geblieben war. Doch er stieg nie herunter von seinem Dach, wo alles in die passende Ferne rückte, schrumpfte und nichtig wurde. Bundesstraße, Kreuzung, Häuserblöcke und Billardtreff wie aus Bastelbogen, gestanzt, gefaltet und aufgeklebt. Dabei rauschte und summte es draußen, und die Wärme des Tages stieg ihm in die Nase; eines weiteren Tages, der ohne ihn stattgefunden hatte. Er wusste, in der Nacht würde er wieder aufwachen – vom Knistern und Knacken der Dachziegel, als ginge einer übers Dach, drehte in schwindelnder Höhe seine Runden. Das war natürlich unmöglich, aber er hatte noch nie den Mut gehabt nachzusehen. Ihm blieb, die Lampe anzuknipsen, wach zu liegen mit klopfendem Herzen. Die Buchseiten färbten das Licht. Dickes glänzendes Papier, schwere Bildbände aus der Bücherei, für die er sich auf die Seite drehen musste. Den Kopf mit der Hand abgestützt, trieb er auf ewig blauen Ozeanen und über grünen Baumwipfeln. In solchen Augenblicken vergaß er manchmal das dunkle Rechteck der Dachluke über ihm. In anderen drehte er die Musik auf, die Bässe rein, dass die Wände vibrierten, auch wenn das Ärger mit der Mutter bedeutete. Er blätterte in Heftchen, und mit einer Hand unter der Decke starrte er auf leuchtende Körper, die ihm fremder erschienen als die seltsamen Tiere aus den Büchern.

«Und du denkst wirklich …?»

«Klar! In uns wirkt die Evolution! Ist doch kein Zufall, dass wir sind, wie wir sind. Unsere Zeit kommt noch, verlass dich drauf.»

«Wann?»

Karnstedt lächelte und hielt den Ammoniten in den flachen Händen unter Simons Nase.

«Wie lange musste diese Schnecke …»

«… keine Schnecke, ein *Parapuzosia*, ein Kopffüßer – bei Münster wurde mal so einer gefunden, der war zweieinhalb Meter im Durchmesser.»

«*Parapuzosia seppenradensis* – ich weiß, du bist der Beste.» Karnstedt ließ die Augen rollen. «Also wie lange musste der warten, um ans Licht zu kommen! Wie viel Millionen Jahre? Meere mussten verschwinden, Gebirge entstehen, Steine mussten gebrochen, Maschinen erfunden, unzählige Häuser und Straßen gebaut werden, bis seine Schicht ans Tageslicht kam, bis du darüber stolpern konntest. Was hast du im Vergleich dazu gemacht? Nichts. Eigentlich hat er dich gefunden, nach langer Suche – endlich.»

«Und jetzt liegt er hier in der Schachtel. Scheißleben.»

«Von wegen, Mann, der ist jetzt entfesselt! Der wird mit uns auf Reisen gehen …»

Karnstedt warf sich in Pose.

«… wenn wir erst so weit sind.»

Er stand breitbeinig auf dem Tisch und reckte das Kinn in die Höhe.

«Wirklich, meine Herren, dieser Parapuzosia aus meiner Sammlung – wird Professor Simon Welde einmal zur versammelten internationalen Presse sagen –, hat mir immer Glück gebracht. Ein ganzes Leben lang hat er mich und meinen Kollegen Karnstedt begleitet. Bei Gott! Was hat dieser Ammonit nicht schon alles erlebt! Dunkle Tage in der Schachtel, staubiges Dasein auf dem Bücherbord unserer Studentenbude, einen Champagnerregen nach absolvierter Promotion. Die Gischt der sturmumtosten See auf der ersten Forschungsreise zu der Pitcairn-Gruppe …»

Simon lächelte. Er streckte den Kopf aus der Luke und schloss die Augen. Er lauschte Karnstedts Stimme und spürte den Fahrtwind in den Haaren, die Motoren des Diesels. Der Funker in der Kabine spielte eine Melodie für die Matrosen auf See, für Leon aus Münster von seiner Schnecke …

«… er war dabei, als wir am Strand von Henderson auf unseren Klappstühlen saßen, den Bericht in die alte Reiseschreibmaschine hackten – *Skeleton Mystery Solved* – ach, die Sonne hörte gar nicht mehr auf unterzugehen – blutrot!»

Und Karnstedt erzählte, wie sie für *National Geographic* um die Welt geschickt wurden, um auch noch die paar anderen verbleibenden Rätsel zu lösen. Und wie sie Preise und Lehraufträge der Akademien ausschlugen, nur um weiter zusammen reisen zu können. Und wie sie nie irgendwo ankamen und nie blieben.

Er erzählte, bis es ganz still wurde und Simon ruhig.

«Besser?»

Simon nickte. Er würde Karnstedt bitten, die Nacht bei ihm zu bleiben.

II

Simon hatte einen Knochen gefunden; klein genug, um ihn nicht übersehen zu können. Rau und trocken fühlte er sich an und erschreckend leicht. Er hatte keine Ahnung, wo das Ding hingehörte – ob Schaf oder Fuchs, ob Wirbel oder Rippen. Karnstedt würde es ihm schon erklären, das Teil einreihen in seine Sammlung von Knochen und Tierschädeln, in die sein eigener kantiger Kopf prima passte. Sicher kein Fund, der ihn begeistern könnte. Aber Simon konnte damit ohnedies nichts anfangen – kleine Skelette im Straßengraben, weiß leuchtende Knochenbälle auf dem schwarzen Ackergrund. Der Tod hinterließ Spuren, die Stein gewordenen waren Simon lieber.

Den ganzen Sonntag lang war Simon schwitzend über Geröllfelder gestiegen. Er hatte den Rücken krumm gemacht, seinen Mikroskopierblick eingestellt und mit Fäustel und Meißel bewaffnet Steine für seine Schuhschachteln gesammelt. Das hundertste Bruchstück eines Ammoniten. Und dafür: zerkratzte Fußknöchel und ein verbrannter Nacken.

Simon schlug um sich. Ein Summen und Brummen um ihn herum von kleinen grünen Käfern mit durchsichtigen, wie angeklebten Engelsflügeln und hochstelzigen

Mücken, denen alles zuzutrauen war. Die Viecher gehörten in Bernstein versiegelt – wovon Karnstedt ein schönes Exemplar hatte. Glatt geschliffen, goldgelb, als wäre die Sonne eingefangen. Er hatte es selbst gefunden, am Strand, in einem dreckigen Algenknäuel. Die einzigen Ferien mit den Eltern, die sich gelohnt haben, hatte er Simon aus Dänemark geschrieben.

Die Viecher zerstachen Simons Haut. Simon kratzte sich die Beine dick. Er war den Ammoniten hinterhergestolpert, während die ganze Alb aus Treffpunkten bestand. Auf den Waldparkplätzen wurde Eis verkauft, in der Wacholderheide glänzten Mopeds und Motorräder in überirdischem Licht. Er wusste, da lagen die Pärchen auf dem harten, ausgetrockneten Boden, und die Luft sirrte wie unter einer Hochspannungsleitung. Die Mädchen beobachteten atemlos, wie die kleinen weißen Knöpfe ihrer Blusen und die großen goldenen an den Hosen aufsprangen. Nicht einmal die Schafe trauten sich zu blöken. Sonntagnachmittage im Mai waren magisch, und der Steinbruch war kein Treffpunkt. Aber Simon begnügte sich mit den Klumpen aus Schnecken und Muscheln, die gewichtig in der Hand lagen. In prall gefüllten, ausgebeulten Taschen schleppte er sie nach Hause. Jahrmillionen, die ihn schwer und müde machten. Und ruhig. Ruhig für seine immer sturmfreie Bude.

Simon war siebzehn, und er wusste eine Menge. Er war der Einzige, der den Sonntag mit einem Bestimmungsatlas für wirbellose Makrofossilien verbrachte. Er wusste, dass es am Ende der Kreidezeit hundertsiebenundsiebzig Gattungen fossiler Säugetiere, Amphibien, Reptilien und Fische gab, wobei fünfzig von ihnen in der großen Krise verschwanden, darunter zweiundzwanzig Gattungen von Dinosauriern, was ihr Ende bedeutete. Er wusste, dass vor fünfundsechzig Millionen Jahren die Karriere der Säugetiere begann. Und er ahnte, dass er das Entscheidende in seinem Leben noch nicht wusste.

Nur ein paar Runden drehen, den sonnenverbrannten Nacken und aufgeheizten Kopf abkühlen. Simon fuhr zum See, obwohl es schon dunkel wurde und Karnstedt auf ihn wartete. Sie hatten sich für den Abend im Kino verabredet. Er überlegte, wann ihn Karnstedt zuletzt versetzt hatte, aber er war es ohnehin leid, immer alles im Gleichgewicht zu halten. Geben und nehmen, abwägen, jeden Tag aufs Neue. Als würde dauernd – jede Stunde, jede Minute – ihre Freundschaft auf dem Spiel stehen und Karnstedt davon ausgehen, dass sich auch Simon früher oder später wie alle anderen als sein Feind entpuppen müsste. «Warum sollte ich dir was vormachen? Warum dir vorspielen, dass ich dein Freund bin?», hatte Simon ihn einmal gefragt. «Weil du nicht entdeckt werden willst. Weil du Macht über mich haben willst. Nie hat man größere Macht über einen Menschen, als wenn man ihn glauben lässt, geliebt zu werden.» Simon verstand nicht, was Karnstedt meinte. Für ihn gab es auf der ganzen Welt keinen Menschen, bei dem er weniger daran interessiert wäre, Macht zu haben, als Karnstedt. «Siehst du! So wenig hältst du von mir», hatte Karnstedt darauf gesagt.

Über der Wiese hinter dem Wald stand Rauch. Die anderen, zu denen er nicht gehörte, saßen schon längst an ihrem Feuer. Der Dynamo summte, im schwachen Lichtstrahl schien der Birkenstamm weiß auf. Da stand sein Fahrrad immer, wenn er hier war. Die kleine Lampe kam ihm lächerlich vor. Er hätte sich Mondlicht gewünscht. Simon zog sich aus, machte aus seinen Klamotten ein Päckchen, das er auf den Gepäckträger schnallte.

Musik trieb übers Wasser, vom Parkplatz an der Straße. Das andere Ufer mit dem Badesteg war in der Dunkelheit verschwunden. Die Kieselsteine fühlten sich gut an, fett und rund drückten sie auf seine Fußballen, und die Kälte zog die Hitze aus dem Kopf. Er warf sich ins Wasser, für einen Moment blieb ihm die Luft weg – einen Herzschlag später war er für sich. Nur noch Glucksen und ein paar Melodiefetzen. Der See gehörte ihm.

Er schwamm im schwarzen Wasser hinaus.

Jeder Schwimmzug lockerte den Knoten, und der zum Paket geschnürte Sehnsuchtssonntag weichte auf, zerfledderte, trieb auf den Wellen, die er ins Wasser zog. Er war allein; fühlte sich kalt und lebendig. Er hatte den Boden endlich verloren und träumte, schwerelos.

Er träumte von der Berührung. Zufällig sollte sie sein, überraschend, vielleicht auf dem Schulweg, an der Kreuzung, wo die Grüppchen und Einzelkämpfer aus allen Richtungen zusammenströmen und sich dichtgedrängt vor der roten Ampel sammeln. Er würde das Mädchen spüren und sofort wissen, dass er es gesucht hatte. Nicht mit dem Kopf würde er es wissen, sondern mit der Haut. Mit speziellen Sinnesorganen unter der Epidermis – den Schicksalsrezeptoren, in keinem Biobuch zu finden, garantiert kein Prüfungsthema fürs Abitur. Seit siebzehn Jahren war er in diesem Körper, und niemand hatte ihn je so berührt. Manche Menschen töten dafür, hatte Karnstedt einmal gesagt und dramatisch mit den Augen gerollt. Karnstedt hatte sie nicht mehr alle, doch er war der Einzige, der Simons Schicksalsrezeptoren kannte. Wenigstens ihn hatte er gefunden.

Die Musik hörte auf. Simon fühlte sich beklommen. Er hörte polternde Schritte auf dem entfernten Badesteg und ein kurzes Klatschen auf dem Wasser. Dann keinen Laut mehr. Er hielt sich aufrecht im Wasser, horchte, versuchte in der Dunkelheit etwas zu erkennen. Er spürte, dass er nicht mehr allein war, als ob die Wasseroberfläche zur eigenen Haut geworden wäre. Seine Beine hingen in die Tiefe, bleischwer.

Ein Mädchen war hier ertrunken, im vergangenen Jahr. Taucher fanden die Leiche erst nach stundenlanger Suche. Er hatte zugesehen, hatte in einer schweigenden Menschenmenge am abgesperrten Ufer gestanden. Alle Dörfer und Flecken hatten sich versammelt. Sogar der kahle Karnstedt war mitgekommen, völlig vermummt, damit er nicht selbst zur Attraktion wurde. Flatterband wie an einer Baustelle, gelbe Gummiboote im Flutlicht, und in der Stille hatten sie geglaubt, das Atmen der Taucher zu hören, die Ventile der Pressluftflaschen, als wären sie selbst unter Wasser. Als einer schließlich auftauchte und Handzeichen gab, ertappten sie sich dabei, dass sie enttäuscht waren. Ein Geheimnis im See wäre ihnen lieber gewesen. Immerhin ging wochenlang keiner baden. Endlich haben wir den See für uns, hatte Karnstedt gesagt, sogar am Tag.

Irgendwo dort unten, das hatte Simon gelesen – in einem Jugendbuch über die Frühgeschichte, das man in seinem Alter eigentlich nicht mehr las –, war der Eingang zu riesigen Höhlen. Da lebten die Seelen der guten Menschen, während die der bösen ruhelos auf der Erde wandern und die Menschen erschrecken mussten. Das Mädchen sei ohne Fremdeinwirkung ertrunken, hatte es geheißen.

Etwas streifte ihn am Bein, tauchte im nächsten Moment dicht hinter ihm auf. Simon schlug um sich, ohne zu überlegen. Er traf, ohne zu wissen, was, und schwamm los, ohne zurückzuschauen, schreiend. Er schluckte Wasser, paddelte hustend weiter, bis er den schlammigen Boden unter den Füßen hatte und ans Ufer stolperte. Da stand er noch gebückt und nach Luft schnappend, als jemand prustend aus dem Wasser stieg.

Die Frau gurgelte Beschimpfungen – seine Ohren waren zu, wie durch Watte hörte er die Stimme –, dann kippte sie nach vorn, mit den Armen fuchtelnd. Simon versuchte noch, sie aufzufangen, doch sie riss ihn mit.

Er fiel hart, Schmerz flammte zwischen den Schulterblättern auf. Sie fiel auf ihn. In einem Lichtschein sah er ihr weißes, schmales Gesicht, einen dicken Blutstropfen an ihrem Mund. Feine dunkle Haarsträhnen klebten auf Stirn und Nase, wie Risse in Porzellan. Simon nahm mit dem Finger den Tropfen von ihren Lippen, als wäre er ein kleines Tier, das nicht dahin gehörte, dem man aber nicht wehtun wollte. Er dachte nichts dabei, es konnte nicht real sein – er hatte vor der Frau keine Todesangst gehabt, konnte sie unmöglich geschlagen haben. Er war nicht vor ihr geflüchtet, und sie lag nicht wirklich auf ihm. Es war nur ein Traumbild. Mit so was kannte er sich aus.

Die Frau sah ihn erstaunt an.

Dann rappelte sie sich hoch. Das Moped hielt auf sie zu. Im Gegenlicht des Scheinwerfers blieb von ihr nur noch ein schwarzer Schatten. Eine Gestalt sprang vom Moped, Simon fühlte die Schritte auf dem weichen Boden. Er hob den Kopf, sah den eigenen nackten Körper, hell beleuchtet. Bleich und klapprig sah er aus, dünne Ärmchen ohne Muskeln, das zusammengeschrumpelte Glied in den Haaren versteckt. Aus seinen Ohren floss warmes Wasser.

«Was ist los? Was hat das Schwein gemacht?»

«Nichts, schon in Ordnung. Er hatte Panik, hat sich erschrocken, war auch meine Schuld. Lass doch. Ich bin nur gestolpert.»

Simon stand auf.

«Ach, der ist das.»

Die Frau sah Tummer vorwurfsvoll an, zischte, sie habe ihn doch gefragt, ob sie hier wirklich sicher seien, und jetzt das! Und sogar einer, der ihn kenne! Tummer winkte großspurig ab.

Wie er sich aufblies in seiner lächerlichen Lederjacke: Er benahm sich, als hätte er das Tier dafür selbst erlegt, gehäutet und gegerbt. Simon hatte den Tummer noch nie leiden können. Karnstedt hasste ihn, seit damals.

«Hast du das Handtuch?»

Tummer drehte sich von Simon weg, hüllte die Frau mit gönnerhafter Pose in ein Badetuch. Sie flüsterte, sie hatte nicht damit gerechnet, hier jemanden zu treffen. Simon auch nicht. Tummer schien es trotzdem zu gefallen. Der Trainer zeigte seine Favoritin. Letzten Endes hatte sie für ihn gepunktet. Schau nur, Simon, so eine ist meine Braut. Eine Frau, eine richtige. Da staunst du. Zwanzig Jahre älter, eine Schönheit, und gibt sich mit dem Tummer ab. Was denkst du, wie viel Männer die schon stehen ließ, und jetzt ist sie bei mir. Und ich frottier sie trocken, schau nur zu. An dir ist halt nichts dran, Junge. Da kann man schon Panik kriegen, was!

Sie zog sich hinter dem Moped an, wo es dunkel war, als hätte er sie nicht nackt gesehen.

Tummer machte einen Schritt in Simons Richtung. Er roch nach Rauch und Leder.

«Du hast uns nicht getroffen, klar!» Tummer sah zu viele Agentenfilme.

Die Frau packte den Lederarm und zog ihn daran weg.

«Komm jetzt, komm.»

Sie sah noch einmal zurück. Ihre Blicke trafen sich, und Simon glaubte, ein Lächeln zu sehen. Ja, er war sich sicher, dass sie ihn angelächelt hat. Und im Weggehen sagte sie etwas. Er konnte nichts verstehen, aber was sie sagte, machte Tummer so wütend, dass er stehen blieb und auf den Boden stampfte. Sie stiegen aufs Moped, das Motorengeräusch klang zornig.

Simon sah dem Moped nach. Er stand frierend am Ufer, Tummers Geruch noch in der Nase, und verfolgte den Scheinwerferpunkt, der den See umrundete, kleiner wurde, schaukelnde Reflexe auf dem Wasser. Das Knattern des Motors, das nachließ und lauter wurde, immer wieder, gleichgültig, wie weit sich das Moped entfernte.

Erst als er die feuchte Erde wieder roch und das brackige Wasser am Ufer, spürte er die Frau. Seine Haut erinnerte sich an ihren Körper, ohne sich daran zu erinnern, was vorgefallen war. Simon spürte sein Herz pochen, und es war ihm, als ob es jetzt gerade erst zu schlagen begonnen hätte.

Vorsichtig zog er sich an, hielt sich an der Birke fest und glaubte, mit ihr zusammen umzukippen. Er tastete nach dem Schmerz in seiner Schulter. Langsam schob er sein Fahrrad durch die Dunkelheit zur Straße. Krank fühlte er sich. Und seltsam glücklich. Der Überlandbus würde ihn mitnehmen, auch mit dem Fahrrad.

So wie ihm zumute war, konnte der Fahrer gar nicht nein sagen.

III

Ein wohlig warmes Gehäuse für Träume war der Bus; indirektes Licht über den mit rotem weichem Samt bezogenen Sitzen, dick gepolstert, die sich keiner zu beschmieren traute, Aschenbecher mit Nichtraucherzeichen an den Armlehnen. Die langen Strecken über die Alb wurden von einem Reiseunternehmen organisiert. Ein schlafwandlerisches Handzeichen am Straßenrand reichte, und die welterfahrenen Busfahrer, die schon Dutzende von lärmenden Schulklassen und feiernden Abiturienten in ihre Schullandheime und bis nach Prag gefahren hatten, fühlten sich verpflichtet anzuhalten. Das tote Mädchen im See war für sie Beweis genug gewesen, dass man hier wie überall verloren gehen konnte. Hier vielleicht sogar noch gründlicher. Jetzt gab es unendlich viele Haltestellen. Jeder war zu seiner eigenen Station geworden.

Das Fahrrad verschwand im Kofferraum, dem Fahrer hatte das Wort Panne gereicht. Der Bus war kaum besetzt. Ein Mann sah kurz von seiner Zeitschrift auf, zum Lesen war es sowieso zu dunkel, das knutschende Pärchen ließ sich nicht stören. Simon setzte sich in die letzte Sitzreihe am Heckfenster. Sein Gesicht spiegelte sich im schwarzen Fensterglas. Aus seinen Haaren tropfte noch Wasser.

Simon überlegte, ob die Begegnung mit der Frau vielleicht doch nur ein Zufall gewesen sein könnte. Karnstedt hatte einmal gesagt, dass die meisten Menschen, ohne es zu wissen, viele Leben gleichzeitig lebten, sozusagen neben einem akuten viele latente Leben hätten. Welches Leben akut werde, sei bei diesen Menschen durch den Zufall bestimmt. Sie fänden zufällig ihren Job, ihren Partner, gründeten zufällig eine Familie, um sie später zu verlassen, weil sich durch Zufall ein anderes Leben entzündet habe. Keines dieser Leben sei richtiger als das andere, aber man hätte wohl wenigstens das Gefühl, wählen zu können, worum er die anderen beneiden würde. Er selbst, und auch Simon, hingegen führte nur ein Leben. Schicksal, hatte Karnstedt einmal gesagt – in Simons Bude unterm Dach –, sei die Einschränkung von Möglichkeiten, Zufall die Erweiterung.

Simon hatte nicht das Gefühl, wählen zu können.

Er sah die Lichter der Stadt, den gelben Streifen Schnellstraße am Horizont. Neben, unter ihm reihten sich die Blechdächer. Er thronte über der Straße, über den Autos und Mopeds. Bunt glänzende Billardkugeln rollten vorbei. An der Ampel nahm ein Kerl den Helm ab, drehte sich zu seinem Mädchen, das starr hinter ihm saß. Pommes oder gleich an den grünen Tisch? Salzige Fettfinger, sie wird den roten Spieß aus Plastik nehmen. Das Pärchen vor ihm stöhnte; wieso überhaupt noch in die Disko? Auf dem Busbahnhof zuckte eine Neonröhre. Im Blitzlicht sah man ihre hochroten Köpfe.

Simon zerrte sein Fahrrad aus dem Kofferraum. Er fühlte sich stark, nach all dem, was passiert war, jeder Begegnung gewachsen. Er war auf der Jagd und trug einen weißen Wolfspelz.

Ein Sattelschlepper an der Tankstelle, der Anhänger mit festgezurrten ausgebleichten Planen. Ein Möbelwagen strahlte noch Wärme aus, die nach Benzin und Regen roch. Irgendein Blinklicht machte die Windschutzscheiben rot. In den Lederjacken an der Grillbude steckte kein Tummer, das Billardcafé war schwach besucht. Die grünen Flächen schwebten leuchtend im Raum, und zwei Männer standen eigenartig gebückt, wie verdrehte Puppen in einem Schaufenster.

Im Kino 1 hatte die Vorstellung schon begonnen. *James-BondjagtDr.No* stand in roten Plastikbuchstaben über dem Eingang; länger durften die Filmtitel nicht sein. Simon bog um die Ecke, ging über den angrenzenden Parkplatz des Einkaufszentrums; quer über die Pfeile und weißen Markierungen, die auf dem leeren Platz völlig sinnlos erschienen.

Simon war entschlossen, die Frau wiederzusehen. Er hatte den Plan gefasst, Karnstedt von seiner Begegnung zu erzählen; der wüsste bestimmt, wer Tummers Freundin war – und wenn nicht, dann konnte es Simon mit seiner Hilfe herausfinden. Karnstedt ließ seine Feinde nicht aus den Augen. Er spürte ihnen nach, schnüffelte ihren Lebenswegen hinterher, immer auf der Suche nach Informationen. Seine einzige Waffe gegen sie war das Wissen über sie. Karnstedt wird mir nützlich sein, dachte Simon und erschrak über seine berechnenden Gedanken.

Der Zugang zum Kino 2 war nicht von der Straße aus zu sehen und nur über einen Schleichweg zu erreichen. Im Schaukasten hing statt grellbunter Bilder das Schild *Durchgehend Einlass*.

Er sah sich noch einmal um, linste durch den Spalt zwischen den beiden klebrigen braunen Vorhängen und schlüpfte in den Vorraum. Die mit Brandflecken übersäten Vorhänge hatten sich kaum bewegt.

«Was kommst du denn so schräg daher?»

Wilhelm, der Kassierer, nahm den Finger vom Schalter unter der Ticketrolle und entspannte sich.

«Ein Unfall.»

Für Gespräche war keine Zeit. Hier kam jeder rein, der Referenzen hatte und den Mund halten konnte. Aber schnell musste es gehen. Das Geld abgezählt bereit und auf dem Absatz drehend in die Dunkelheit des Saals verschwinden. Alkohol gab es nur für gute Kunden. Küchenkrepp konnte sich jeder nehmen.

Der Saal war stockdunkel. Doch auf der Leinwand leuchteten riesige Körper, schrien und stöhnten. Simon war, als hätten sich die letzten Überlebenden einer Katastrophe in einer Höhle zusammengerottet, um in Sicherheit den finalen Kampf zweier urzeitlicher Geschöpfe zu beobachten, von dessen Ausgang irgendwie das eigene Schicksal abhing.

Karnstedt saß in der ersten Reihe außen. Von dort war es nur ein Sprung zum Notausgang – wenn es Alarm geben sollte und die Saalbeleuchtung anging, was glücklicherweise noch nie passiert war.

«Wo bleibst du denn?»

Karnstedt gab Simon ein Fläschchen Williams Christ.

«Ich wollte ihn schon selber trinken.»

Er roch den Alkohol in Karnstedts Atem. Der Drehverschluss knackte. Simon hielt die Flasche zwischen den Zähnen und steckte die Zungenspitze in die Öffnung. Der Schnaps war warm, Karnstedt hatte ihn die ganze Zeit in der Hand gehalten. Simon warf den Kopf in den Nacken und zog dabei die Zunge zurück. Als die Flüssigkeit in seinen Mund schoss und den Hals hinunterbrannte, vergaß er die Schmerzen in der Schulter.

Karnstedt starrte mit schief gelegtem Kopf auf die Leinwand.

«Dass es so Unterschiede in der Größe gibt.»

«Was?»

Karnstedt zischte ihm ins Ohr.

«… die Schwänze, mein ich – schau dir den an, Simon! Das ist doch nicht normal!»

«Die nehmen nur die größten … für solche Filme.»

«Ah! *Survival of the biggest!* Natürliche Auslese. Die Evolution arbeitet für die Pornoindustrie!»

Brüste wippten. Haare flogen in den Nacken.

«Frag mich nur, was sie mit meinem kahlen Schädel bezweckt.»

Arme wurden hochgerissen. Ein fast Fünf-Mark-Stück großes Muttermal unter der rasierten Achsel. Die Frau vom See hatte ein Feuermal auf der Schulter, den Umriss eines unbekannten Landes. Simon nestelte an seiner Hose herum, obwohl er es nicht wollte.

«Komm, wir gehen.»

«Was ist denn los mit dir?»

Simon ging schweigend über den Parkplatz. Er atmete die Luft vom Nachmittag, warme staubige Steinbruchluft, aber der Boden unter seinen Füßen war ölig und dämpfte seine Schritte. Auf dem Asphalt lag ein angebissenes belegtes Brötchen. Sein Magen knurrte.

Karnstedt besah sich Simons Knochenfund, drehte ihn in der Hand.

«So einen Mischtypen kann man auf der Alb immer finden, so was wie die Steinheimerin – Neandertaler mit ein bisschen Sapiens, das wäre nicht schlecht …»

Er schnippte das mickrige Wirbelstück in die Luft.

«Der hier ist nichts. Homo Karnstedtensis – ob sich die Bezeichnung durchsetzen ließe, was meinst du? Simon?»

Simon blieb stehen. Er habe keine Lust mehr, mit der Hand in der Hosentasche anderen beim Ficken zuzusehen, sagte er, ohne Karnstedt anzusehen.

«Was ist denn los?»

Simon begann zu erzählen: vom See, von der Frau, von Tummer. Karnstedt blieb der Mund offen stehen.

«Tummer hat 'ne Freundin, die seine Mutter sein könnte? Mensch, das ist besser als jeder Knochen, den du mir gebracht hast!»

Karnstedts Augen leuchteten.

«Hast du mir überhaupt zugehört?»

«Ja, Schicksal – du träumst von der großen Liebe und zack! taucht sie vor dir auf und erschreckt dich zu Tode. Hab's schon kapiert. Tummer, das Aas.»

Simon musste nichts mehr sagen.

«Hör zu, ich krieg raus, wer diese Dame ist; kann ja nicht lupenrein sein, wenn sie sich von so einem besteigen lässt.»

Simons Gesicht verzog sich vor Schmerz.

«Entschuldige, aber weißt du überhaupt, was das bedeutet: Unzucht mit Minderjährigen! Klar, dass Tummer sagte, du sollst die Klappe halten. Du musst mir alles noch mal genau erzählen. Vielleicht ist dir noch was aufgefallen!»

«Sie ist sehr schön.»

«Das ist natürlich eine Spur!», rief Karnstedt aus und streckte die Hände zum Himmel. «Welch ein Meisterwerk ist der Mensch! Wie edel durch Vernunft! Wie unbegrenzt an Fähigkeiten! In Gestalt und Bewegung wie bedeutend und wunderwürdig! Im Handeln wie ähnlich einem Engel! Im Begreifen wie ähnlich einem Gott! Die Zierde der Welt! Das Vorbild der Lebendigen!»

Er ließ seine Stimme über den leeren Parkplatz dröhnen. Ein betrunkener Kinobesucher prostete ihm von weitem zu.

Simon sah ihn verwirrt an

«Hamlet, mein Freund! Prüfungsthema!»

Varming, 9. September

Karnstedts Blätter (ohne Datierung)

The Mystery of the Henderson Skeletons

Die Insel wollte die Männer nicht. Sie war kein Platz für Menschen.

Dem Meer hatte sie gehört, 350 000 Jahre lang, bis sie sich unter Beben aus dem Pazifik gehoben, die spitzzackigen Korallen ins Licht gestreckt hatte – zwanzig, dreißig Fuß in den Himmel. Scharfkantiger Kalk, an dem das Wasser abfloss. Blendend weiß ragten die Klippen in den Himmel; ein Monument, ein Angebot. Regen und Stürme wuschen sie vom Salz frei, die Brandung zerrieb die Korallen zu Sand. Die Insel wurde sich ihrer neuen Bedeutung bewusst. In ihren Tiefen sammelte sie Regenwasser.

Pflanzen und Vögel kamen. Von weither gegen Wind und Strömung. Blumen und Gräser. Tropik- und Fregattvögel. Die Insel ließ es sich gefallen. Die Vögel waren leicht – der Wind konnte ihre Schreie tragen – und sie kamen aus Schalen, schlüpften aus Kalk, was ihr gefiel.

Sie gab den Vögeln Raum, nahm sie als Fische des Himmels, zu dem sie jetzt gehörte – ein Stück weit. Auch die gefleckten

Steine duldete sie. Vom Meer angespült schoben sie sich un-
bemerkt weiter ins Land, legten Eier wie die Vögel. Stumme,
flügellose Geschöpfe, gepanzert und in ihrer Art älter als die
Insel selbst.

Die Insel erfüllte ihre Aufgabe. Millionen von Tagen und
Nächten lang. Menschen waren nicht vorgesehen. Die kurzen
Begegnungen mit ihnen waren schnell vorüber. Einmal hat-
ten Menschen versucht, auf dem Eiland zu leben. Wie lange?
Wann? Sie hatte es vergessen. Die Behausungen am Strand
waren längst zerstört, die Spuren getilgt, so leicht wie die
lächerlichen Abdrücke des Kapitäns Henderson, der sie mit
seinem Namen beleidigte. Stiefelfüße im Korallensand. Weg-
gespült.

Die Insel wollte die Männer nicht. Der Wind trug ihre
Stimmen übers Wasser; tiefe, kehlige Stimmen drangen herü-
ber, und sie sah die schaukelnden Boote mit den Augen der
Vögel. Die Männer hielten die Musketenläufe in die Luft.
Krachende Schüsse zerrissen die Stille …

Winthrop dreht das Blatt um. Es ist nur einseitig beschrieben. Fragend sieht er mich an. «Ich habe noch mehr
gefunden, in der Mappe, die mich fast erschlagen hat. Es
geht um die Überlebenden der gesunkenen *Essex*. Walfänger. 1820, vier Tage vor Weihnachten landeten sie am nörd-
lichen Ende der Insel an. Sie glaubten, es sei ihre Rettung.»

Ich reibe an meinem Fuß; er schmerzt immer noch. Der
Knöchel ist inzwischen zu einem unförmigen Klumpen
angeschwollen.

«Dass sich Karnstedt nach all den Jahren …»

Winthrop blinzelt mich an.

«Du musst zu Arzt gehen. Vielleicht gebrochen?»

«Ich gehe in Deutschland zum Arzt.»

Der Anwalt runzelt die Stirn. Das kann dauern, denkt er wohl. Langsam stellt sich Winthrop auf ein schwieriges Geschäft ein, und er meint, ich sollte das auch tun. Er kommt jetzt regelmäßig, um nach mir zu sehen.

Sein «kaufwilliger» Fotograf hat sich nicht mehr gemeldet, was mich nicht überrascht. Er war mit seiner Familie hier eingefallen, mit eingezogenem Kopf durch das Haus marschiert, den Zollstock im Anschlag, um bei jeder Gelegenheit «wunderbar, wunderbar!» zu rufen. Ich humpelte hinterher, und es war mir an diesem Tag sogar leicht gefallen, das alte Gemäuer anzupreisen. Alle Türen standen offen, Licht und Luft zogen durch die Räume, das Geschrei seiner Kinder verbreitete Ferienstimmung. Da war kein Platz mehr für Gespenster. Der Fotograf machte Bilder. Seine Frau hielt sich zurück. Oft blieb sie stehen, hielt die Nase hoch, als würde sie eine Witterung aufnehmen, einer Fährte folgen. Ihr Gesichtsausdruck beim Anblick des Arbeitszimmers sagte mir, dass sie schließlich fündig geworden war. Ich entschuldigte mich, noch nicht aufgeräumt zu haben – mein alter Freund habe offenbar das geniale Chaos gebraucht. Sie nickte stumm. Ich holte die Kinder von Karnstedts Computer weg und schloss schnell die Tür. Später sah ich sie im Hof bei Winthrop stehen. Sie redeten lange, und der Anwalt hob beschwichtigend die Hände. Mir war schon klar gewesen – die Frau vermutete in dem Haus irgendein schreckliches Geheimnis.

«Wie geht Geschichte weiter?»

«… die Geschichte, ja …»

Zerstreut reiche ich dem Anwalt Karnstedts Aufzeichnungen.

«Nicht so gut im Lesen – mein Deutsch …»

Nicht einmal einen flüchtigen Blick hat er darauf geworfen.

«Erzähl du.»

Fast einen Monat lang hatten die zwanzig Männer, deren Schiff von ihrer vermeintlichen Beute in Stücke geschlagen und versenkt worden war, in ihren Booten auf See ums Überleben gekämpft, und als sie sich – nur noch Haut und Knochen – am Strand erschöpft in den Sand fallen ließen, glaubten sie, endlich am Ende ihrer Odyssee zu sein.

Die Klippen vor ihnen waren üppig bewachsen, Vögel umschwirrten sie ohne Scheu. Kein Mensch vor ihnen hatte offenbar dieses Eiland betreten. Die Männer waren überzeugt, Nahrung und Wasser im Überfluss zu finden. Hier würden sie wieder zu Kräften kommen, konnten Pläne schmieden, was für ihre endgültige Rettung getan werden müsste.

Doch ihre Erwartungen wurden enttäuscht. Sie streiften umher – die Insel war nichts als ein Haufen zerklüfteter Ko-

rallen, scharf und spitz wie zerbrochenes Glas. Beim Besteigen der Klippen zerschnitten sie sich Hände und Füße, und der Durst quälte sie. Zwar fanden sie Nahrung – Vögel ließen sich arglos aus den Nestern nehmen, Fische mit der bloßen Hand fangen –, doch Süßwasser fanden sie nicht. Sie diskutierten: Wenn sie, wie angenommen, auf der Insel Ducie nahe der südamerikanischen Küste waren – wäre es da nicht besser, keine Zeit zu verlieren und die Insel wieder zu verlassen?

Die Männer konnten nicht wissen, dass sie in ihrer Ortsbestimmung falsch lagen und weiter als je von Südamerika entfernt waren. Henderson lag zwar auf demselben Breitengrad wie Ducie, jedoch siebzig Meilen westlicher. In ihrem Navigationsbuch war es nicht aufgeführt. Beide Eilande gehörten zu einer Gruppe, deren Hauptinsel Pitcairn von Nachfahren der Bounty-Meuterer bewohnt wurde. Aber auch Pitcairn, nur wenige Seemeilen von ihnen entfernt, war in ihrem Handbuch der Navigation nicht verzeichnet.

Es wurde entschieden, einen Tag länger auf Henderson zu bleiben, um vielleicht doch noch Süßwasser zu finden. Und tatsächlich – während eine Gruppe vergeblich nach Grundwasser grub, entdeckte die andere durch Zufall an einem Felsen am Strand eine Quelle, die lediglich bei Ebbe zu sehen war und mit auflaufendem Wasser wieder in der Brandung des Meeres verschwand. Überglücklich stillten sie ihren Durst und füllten in der ihnen verbleibenden Zeit bis zur Flut die Fässer.

So harrten die Männer sieben Tage lang auf der Insel aus, immer auf der Suche nach Essbarem. Und diese sieben Tage reichten, die meisten Vögel zu vertreiben, sich selbst ihre Nah-

rungsgrundlage zu zerstören. Gras war oft das Einzige, was sie noch fanden.

Zwanzig Mann konnten hier nicht überleben, so viel stand fest. Pollard, ihr Kapitän, beschloss, Henderson wieder zu verlassen; mit den reparierten Booten und gesammelten Vorräten glaubte er an die Chance, andere Inseln oder gar die chilenische Küste erreichen zu können.

Es war der 27. Dezember, als sie die Boote voll luden. Nur drei Männer der Besatzung, darunter der Steuermann Chappel, wollten zurückbleiben – sie zogen die ungewisse Zukunft auf der Insel dem Schrecken auf See vor. Pollard versprach, Hilfe zu schicken, sobald sie selbst Rettung gefunden hätten. Die Männer stellten sich auf einen langen Aufenthalt ein und begannen tags darauf nach einem Unterschlupf, einem vor Stürmen und Wetter geschützten Ort zu suchen. Dabei entdeckten sie die Höhlen.

Ich sehe durch das Küchenfenster nach draußen. Es wird schon dunkel, der Hof versinkt im Zwielicht. Der matte Glanz des entfernten Meeres scheint in den Abendstunden das ganze Land zu überziehen, taucht Äcker und Wiesen in ein feuchtes Insellicht. Dieses Land gehört dem Wasser. Die Nordsee brandet an die Hunderte von Kilometern lange Küste, braust über den endlosen Strand. Ich glaube, das Rauschen zu hören.

Jetzt ist die Einfahrt kaum mehr zu erkennen – nur vom Haus auf der Straßenseite gegenüber leuchtet ein Lichtfleck auf, der das offen stehende Tor für einen Augenblick aus der Dunkelheit hebt und riesig erscheinen lässt, bevor er wieder erlischt.

«Wer wohnt da drüben?»

Winthrop dreht nicht einmal den Kopf.

«Ältere Frau – Albertsen. Weiß nicht genau – nur einmal habe ich gesehen, als Polizei sprach wegen Verschwinden deines Freundes. Nicht gesprächig oder wusste nichts.»

«Meine Nachbarin, weit und breit die Einzige. Sie muss etwas wissen.»

«Noch nicht lange hier – vielleicht zwei Jahre.»

«Woran hat Karnstedt gearbeitet?»

Winthrop zuckt mit den Achseln und weist zum Arbeitszimmer.

«Du musst endlich in Ordnung bringen – dann wirst du erfahren. Was wurde aus Männern auf der Insel?»

Auf der Westseite des Eilands entdeckten sie die Höhlen im Fels. Vorsichtig gingen sie hinein. Doch statt einer Zuflucht fanden sie im Innern sechs Skelette; menschliche Gebeine, ohne Zweifel. Die Männer schauderten bei der Vorstellung, dass womöglich auch ihnen dieses Schicksal bevorstand.

Sie mieden die Höhlen. Endlose Wanderungen führten sie über die ganze Insel, aber außer den Vögeln und Schildkröten gab es keine anderen Tiere, die sie jagen konnten. Die Männer bauten Fallen, um das seltsame, scheu gewordene Federvieh zu fangen. Sie tranken dessen Blut, aßen die Schildkröten – die einzigen Landbewohner dieses unwirtlichen Orts.

Wochenlang harrten die Männer aus, hofften auf Rettung. Aber die Insel schien von der restlichen Welt vergessen. Keine Schiffe, keine Boote mit Bewohnern möglicher benachbarter Inseln. Außer den Skeletten keine Zeichen, dass hier jemals zuvor Menschen gewesen waren. Doch von wem stammten diese Knochen? Hatten Schiffbrüchige vor ihnen nicht Spuren hinterlassen? Gab es Reste eines Lagers in den Höhlen, eine Feuerstelle? Den einfachen Walfängern, kaum des Lesens und Schreibens mächtig, erschien nichts selbstverständlicher, als dass andere Überlebende wie sie selbst Zeichen im Fels hinterlassen hätten: Striche, mit denen sie die Tage gezählt hatten, oder Bilder, die von ihren Erlebnissen erzählten. Mit Asche und Blut gemalt an den endlos langen Tagen und Nächten. Monate vergingen, in denen sie nur das eine Ziel hatten: nicht so zu enden wie jene stummen Zeugen eines verlorenen Kampfes. Seite an Seite lagen die Skelette, als hätten sie sich gemeinsam zum Sterben gelegt. Das Bild brannte sich in die Köpfe der Männer. Chappel, ein Draufgänger und Tunichtgut, schwor sein Leben zu ändern. Von jener Stunde an, als er die Höhle betreten und die Skelette gesehen hatte, fühlte er die Anwesenheit Gottes, und er spürte, dass seine eigene hier nicht erwünscht war. Die Insel wollte keine Menschen. Seit dem Tag, an dem die anderen wieder aufgebrochen waren, war das Süßwasser versiegt, als hätte es gerade reichen sollen, um einen Vorrat auf den Booten zu schaffen. Die Gezeiten hatten die Quelle unter dem Felsen nie mehr freigegeben. Bei Ebbe standen die Männer am Strand und beobachteten, wie das frische Süßwasser zur Meeresoberfläche stieg, doch für sie unerreichbar blieb.

Sie sammelten Regenwasser, saugten und lutschten an Beeren. Schellfisch, wenige Vögel und Eier – mehr gönnte ihnen die Insel nicht. Zu viel zum Sterben, zu wenig zum Leben.

Dunkelheit. Die Küche spiegelt sich im Fensterglas. Da sitzt jemand einem dunklen Rücken gegenüber, nimmt Blätter vom Tisch, überlegt, blickt auf, tief in Gedanken versunken, erkennt sich nicht im Spiegelbild. Karnstedt. Wie oft hat er hier gesessen, geschrieben, sich in der Dunkelheit verloren, allein? Wer so schreibt, sage ich zu Winthrop, hat keinen Zuhörer, kein Gegenüber, der seine Gedanken teilt.

Nachts fand Chappel keinen Schlaf. Während sich die anderen in Träumen wälzten, ging er ruhelos umher, streifte unter dem Nachthimmel über die stille Insel – zur Höhle, wo die Toten lagen. Doch er betrat sie nicht. Er saß vor der schwarzen Spalte. In seinem Kopf schwirrte ein Kreisel, drehten sich Bilder und Gedanken. Die Insel sprach zu ihm. Die ganze Welt, hörst du, Chappel, die Welt und ihre Zeit – Vergangenheit, Gegenwart und Zukunft – liegen im Dunkeln dieser Höhle. Es sind Menschen wie du gewesen, die da drinnen liegen; erfüllt mit Plänen und Erinnerungen, mit Liebe und Hass und Stimmen von Müttern und Vätern, mit Landschaften und Heimat, aber die Zeit ging über sie hinweg, drang in sie ein und spülte sie aus, riss alles mit – bis auf ihre Knochen. Was sind sie jetzt noch wert? Was bist du wert, Chappel? Warum soll es besser sein, dass es dich gibt? Wofür bist du nütz-

*lich? Alles lebt auch ohne dich! Was ist deine Aufgabe? Was hast
du, was andere nicht haben? Wofür braucht dich diese Welt?
Vertraue nicht auf Gott! Er wird die Fragen nicht beantwor-
ten, er macht dich nur irre! Er hat es nicht nötig, seine Schöpfung zu erklären. O ja – du bist einmalig!* ...

«Warum grinst du?»

«Ich musste an früher denken. Karnstedts Faible fürs
Dramatische; das hatte er damals schon. Einmal gab er
den Hamlet, auf einem Parkplatz – wir waren im Kino gewesen, James Bond oder so was, da begann er zu rezitieren. Jetzt hat er sich auch noch den Text geschrieben ...»

*... Gott gab dir Hände wie Schaufeln, damit du hier nach
Wasser graben kannst. Wie ein Hund auf allen vieren. O ja,
einmalig! Jeder Mensch lebt auf seiner Insel – gerade das macht
euch ja so sinnlos. Geh in die Höhle, leg dich zu den anderen,
Chappel!*

«Und – was wurde aus Chappel?»

«Die wenigen Kameraden, die in ihren Booten gerettet
worden waren, schickten Hilfe: Walfänger wie sie selbst
entdeckten Chappel und die anderen auf Henderson. Sie
brachten die ausgezehrten Matrosen nach Hause. Unklar
ist, ob sich schon damals Wissenschaftler für ihre Geschichte interessierten. Ob versucht wurde, die Herkunft
der Skelette eindeutig zu bestimmen. Waren es wirklich
die Überreste Schiffbrüchiger? Oder Polynesier? Aber wie

waren sie auf die Insel gekommen? Und warum? Und weshalb haben sie die Insel nicht wieder verlassen?»

Don't disturb them, leave them like they are!, warnte mehr als hundert Jahre später der Friedensrichter Warren Christian seine Begleiter, als auch sie die Skelette in der Höhle fanden – nebeneinander liegend, die Arme ausgestreckt, die Hände an den Seiten, wie es schon Chappel beschrieben hatte. Doch der Bericht jener kleinen Henderson-Expedition im März 1958, der an den Sekretär der Pitcairn-Verwaltung gesandt wurde, unterscheidet sich wesentlich von der überlieferten Beschreibung der Essex-Matrosen. Denn in ihm ist zunächst nur von vier Skeletten die Rede: drei Erwachsene und ein Kind, genauer – zwei Männer, eine Frau und ihr ungeborenes Baby. Die Lage der kleinen Knochen ließen keine andere Deutung zu.

Winthrop verzieht den Mund, als hätte er gerade selbst die Skelette gefunden.

«Es war eine andere Höhle?»

Ich zucke mit den Achseln.

«Man weiß es nicht. Die Unstimmigkeiten in den Quellen konnte man nie klären. Tiefer in der Höhle fand man tags darauf zwei weitere Skelette, bedeckt von einem Sandhaufen – als wären sie bestattet worden. Mysteriös! Jedenfalls hielt sich Chief Magistrate Warren nicht an seine eigene Warnung, die Totenruhe zu bewahren, denn er fand nahe dem weiblichen Skelett Haare, von denen er eine Probe mitnahm, um sie seinem Bericht beizulegen.

«Haare?»

«Die alles noch seltsamer machten. Die Untersuchung ergab nämlich, dass sie von Polynesiern und Europäern stammten und sehr alt waren.

Zwei Männer, eine Frau – unterschiedlicher Herkunft –, ein ungeborenes Baby, zwei Gräber. Doch wie waren diese Menschen auf die Insel gekommen? Woher stammten sie? Und wann waren sie gestorben? Daran hat sich Karnstedt festgebissen.»

Winthrop nickt mir herausfordernd zu.

«Und hatte dein Freund Antwort?»

Ich lehne mich zurück und strecke die Beine aus. Verwundert sehe ich mich um. Ich fühle mich wohl hier, alles scheint mir plötzlich vertraut und an seinem Platz – mein früheres Leben hat in diesem Moment seine Bedeutung verloren.

«Kannte er Lösung von Rätsel?»

Ich zögere.

«Er glaubte, dass man sie ausgestoßen hatte.»

IV

Schritte auf dem Dach. Schritte von kleinen Füßen, die über die Schindeln liefen. Kinderfüße. Zuerst ein paar, dann Dutzende, Hunderte – Tausende schließlich, die trippelten, polterten und stolperten und auf das Fenster patschten.

Simon öffnete die Augen. Er wischte sich über die nasskalten Wangen und glaubte, geweint zu haben, aber er konnte sich nicht an den Grund erinnern. Kein Albtraum, kein Schmerz. Er spürte Karnstedts warmen Körper neben sich liegen, und als er merkte, dass sie beide nackt waren, rückte er schnell von ihm weg. Er schämte sich, und die Scham machte ihn leer und traurig, aber zum Weinen reichte es nicht. Das diffuse Licht der Stadt fiel durch die spaltbreit geöffnete Dachluke, und der prasselnde Regen rann von draußen herein, die schräge Wand hinunter. Tropfen fielen auf Karnstedts Hinterkopf, und sein kahler Schädel glänzte feucht. Das Gesicht im Kissen vergraben, röchelte er nach Luft, schnappte wie ein Fisch, den ein Angler aus dem Wasser in sein Boot gezogen hatte.

Simon stand vorsichtig auf, zog leise die Luke zu.

Für einen Moment war ihm, als wehte der Duft des Sees

in seine Nase, doch dann tauchte er zurück in den Geruch aus kaltem Zigarettenrauch und Schlaf. Einsamkeit riecht so. Er konnte den Geruch nicht mehr ertragen. Einsamkeit konnte auch duften – nach Harz und Holz und modrig feuchten Blättern, wenn er durch den Wald streifte, oder sie hatte den stumpfen Geruch der Steine, der Geröllhalden und Höhlen, in die er sich verkroch, um sich zu verstecken. Da war er mit sich selbst allein und konnte träumen, dass er alles, was er entdeckte, roch und sah, irgendwann einmal mit seinem Mädchen teilen würde. Aber jetzt, wo er endlich wusste, mit wem er teilen wollte, roch die Einsamkeit nur noch nach Rauch und Schlaf.

Er schlüpfte in seine Jeans und setzte sich an den Schreibtisch. Um Karnstedt nicht zu wecken, schrieb er bei Kerzenlicht. Seit er dieser Frau am See begegnet war, schrieb er Briefe. Briefe ohne Anrede, an eine unbekannte Adressatin, tatsächlich mehr ein Tagebuch und für ihn selbst bestimmt als für eine Fremde. Dabei war er sich selbst fremd geworden. Die Frau hatte sich in seinem Kopf eingenistet, beherrschte seine Gedanken und Gefühle, breitete sich aus und ließ keinen Platz mehr für den «alten» Simon.

Er hatte das Gefühl, aus allen Nähten zu platzen. Mit Worten rieb und scheuerte er sich die Haut in Fetzen, damit sie ihn endlich freigab. In jedem seiner Briefe steckte so ein Fetzen; Dutzende hatte er schon geschrieben. Er bewahrte sie in einer seiner Schuhschachteln auf – die Umschläge mit dem Datum versehen –, obwohl er nicht die Absicht hatte, sie noch einmal zu öffnen und zu lesen. Sie passen gut zu den Versteinerungen, dachte er.

Er füllte die Seiten mit immer den gleichen Fragen. Wer ist diese Frau? Wo kommt sie her? Woher kennt sie Tummer? Was findet sie an ihm?

Fast zwei Wochen waren seit ihrer Begegnung vergangen, eine Antwort hatte er noch immer nicht gefunden.

Vergeblich war er immer wieder an den See gefahren, hatte am Seeufer gewartet, Stunde für Stunde, hatte Steine ins Wasser geworfen, bis es dämmerte und sein Herz laut zu klopfen begann, wenn er Stimmen näher kommen hörte. Er duckte sich hinter die Bäume und beobachtete im Zwielicht die Paare, die zögernd, sich immer wieder umschauend, aus dem Wald heraus zum Ufer gingen. Flüstern und Kichern und weiß aufschimmernde Körper, wenn sie die Hosen abstreiften, Pullis, Hemden und T-Shirts auszogen. Und obwohl er in jedem Mädchen diese Frau zu sehen glaubte, in jedem Kerl Tummer, wusste er im Grunde, dass er sie auf diese Weise nicht finden würde – am See nicht und auch nicht in der Stadt.

Karnstedt glaubte, es bringe nichts, Tummer dauernd nachzuspionieren. Tummer musste in der Werkstatt seines Vaters helfen. Bis spät in den Abend brannte dort Licht – ein großer Auftrag für die Schreinerei, Terminarbeit für das neue Heimatmuseum, das bald eröffnet werden sollte. Tagaus, tagein zimmere Tummer an Vitrinen, und den Rest seiner Zeit, so Karnstedt, verbringe er offenbar zu Hause über den Schulbüchern brütend. Er habe unten an der Straße gestanden und ihn durchs Fenster am Schreibtisch sitzen sehen. Der hat es eben nötig, grinste Karnstedt. Beim Billard war er jedenfalls schon lange nicht mehr aufgetaucht, habe er von den anderen erfahren, die auch – beiläufig nachgefragt – nichts von einer Freundin wussten. Karnstedt stellte seine Ermittlungen vorsichtig an. Er war in Tummers Clique verhasst, weil es der Anführer so wollte. Aber von einigen Mitläufern in Tummers Hofstaat hatte er nichts zu befürchten. Sie träumten vom Königsmord und nutzten jede Gelegenheit für einen Verrat. Die hielten den Mund, da war sich Karnstedt sicher. Wenn nicht, dann würde es ihm und Simon übel ergehen, das war klar.

Tummers Feindseligkeit gegenüber Karnstedt hatte nie aufgehört – und es war nicht klar, ob es am Neid auf Karnstedts Grips lag, an seiner Arroganz oder einfach nur am Glatzkopf.

Wahrscheinlich war der nur ein Symbol für alles andere. Der Glatzkopf musste nicht aufs Abi pauken, alles flog ihm zu. Ihm reichte, eine Formel einmal gehört, einen Text einmal gelesen, fremde Vokabeln einmal geschrieben zu haben. Was andere mühsam versuchten in ihr Hirn zu kriegen, war für Karnstedt ein amüsantes Merkspiel. Und er gab sich keine Mühe, wenigstens den Anschein zu erwecken, Geduld mit den Dümmeren zu haben, zu denen Karnstedt auch die Lehrer zählte. Einmal überholt, ließ er alle anderen stehen und dachte nicht im Traum daran, einen von ihnen mitzunehmen. Nur Simon hatte er an der

Hand genommen – im wahrsten Sinne –, und für Simon waren Karnstedts Feinde auch die eigenen geworden.

Simon spürte Karnstedts Blick und drehte sich zu ihm.

«Du beobachtest mich!», fuhr er ihn an, und im selben Moment, als er seinen Freund daliegen sah, die Wange auf den Arm gelegt, die wässrigen Augen geöffnet, tat ihm sein schroffer Ton schon wieder Leid. Zerbrechlich sah er aus – zerbrechlich und weich.

Karnstedt setzte sich mit einem Ruck auf, schob sich das Kissen in den Rücken.

«Beobachten! Das mach ich bei Tummer, dich – dich sehe ich an.»

«Ich mag das nicht.»

Hastig steckte er den Brief in einen Umschlag und legte ihn in die Schublade.

«Schreibst Liebesbriefe, was!? Mein Gott! Seit du diese Frau gesehen hast, bist du völlig daneben. Es liegt doch an ihr, dass du nicht schlafen kannst, oder? Mensch, du denkst ja dauernd an die Tusse.»

«Blödsinn! Und sie ist keine Tusse!»

Karnstedt fingerte eine Zigarette aus der Packung und sah Simon lauernd an.

«Woher willst du das wissen? Sie hat was mit dem Tummer, das sagt alles. Wenn sich eine ältere Frau von so einem Kerl ficken lässt, na, weißt du!»

«Hör auf damit! Red nicht so! Du hast doch keine Ahnung.»

«Du auch nicht! Das ist es ja!»

Simon stand vom Schreibtisch auf und ging zur Dachluke. Karnstedt hatte Recht: Er wusste nichts. Was diese Frau mit Tummer verband, war ihm ein Rätsel. Und es tat weh. Er öffnete die Luke einen Spalt weit, streckte seine Nase in den Regen.

«Vielleicht hat er nur angegeben, vielleicht haben sie gar nichts miteinander – sie könnte eine Verwandte sein!»

«Klar, so wird's sein. Tummer geht mit seiner Patentante nackt baden und rubbelt sie anschließend trocken. So was kommt vor. Mach die Luke zu, es regnet rein!»

«Ist mir doch egal, soll's doch reinregnen – Mensch, Karnstedt, du bist doch der Erfinder und spielst so gerne Schicksal! Lässt Lisa von Kattwick schwanger werden und pfuschst in anderen Leben rum! Und zu der Frau und Tummer fällt dir nichts ein!»

Simon stand an der Luke, die Wut trieb ihm Tränen in die Augen. Er stieß das Fenster vollends auf, und der Ruck ließ das auf der Scheibe gesammelte Wasser auf Karnstedt schwappen.

Karnstedt rührte sich nicht. Er starrte Simon nur an, überrascht und traurig, während ihm das Wasser über den Kopf auf die nackte Schulter und den Oberkörper floss. Wäre er doch wütend geworden, hätte er ihn doch angebrüllt. Doch Simon spürte, wie Karnstedt alle Kraft verlor, wie sie aus ihm rann, als hätte sein weißer Porzellanschädel einen Riss bekommen.

Simon wich dem Blick aus, nahm schnell das T-Shirt und trat hinter Karnstedt, um ihn abzutrocknen.

«Was würde denn passieren? Ich meine, falls ich die Frau finde, was würde das …»

Karnstedt wollte sich zu ihm drehen. Er ließ es nicht zu.

«Verändern?» Simon wusste es nicht.

Da war wieder der Geruch des Sees.

«Zwischen uns wird sich nichts ändern …»

Er wischte über Karnstedts Kopf. Karnstedt hielt still. Er ließ sich beruhigen, wie ein Kind sich beruhigen lässt.

«… ich versprech es dir …»

Karnstedt lief eine Träne über die Wange.

«Das ist nur Wasser», sagte er.

Varming, 11. September

Heute habe ich zum ersten Mal meine Nachbarin gesehen, oder, besser gesagt, ich war ihr auf der Spur. Den Nachmittag und Abend habe ich mich ihretwegen herumgetrieben, ließ mich von Regenschauern durchnässen und vom eisigen Wind auskühlen. Ich hörte den Fluss rauschen, während ich durch das Gehölz und über die Schotterwege stolperte. Irgendwo in der Dunkelheit brodelte er. Der Regen der letzten Tage hatte die Ribe anschwellen lassen und zu einem reißenden Wasser gemacht. In so einer Nacht muss Karnstedt gestorben sein, dachte ich. Hier draußen ist er einfach verloren gegangen, während der Wind an den Bäumen zerrte und der unsichtbare Fluss die Ufer unterspülte. Einmal war mir, als würde Karnstedt neben mir gehen; ich spürte deutlich seine Anwesenheit, dieses Schweigen zwischen uns, die Sprachlosigkeit – wie damals in der Nacht im Landschulheim, als sie erfolglos nach Tummer gesucht hatten und alle ahnten, dass mit ihm etwas Schreckliches passiert sein musste, was sich nur keiner auszusprechen traute. Und wie ich damals dachte – und immer noch der festen Überzeugung bin –, dass Karnstedt mehr über Tummers Schicksal wusste, so glaube ich jetzt, Paula Albertsen könne mir Karnstedts plötzliches Verschwinden erklären.

Ich fühlte, zwischen den beiden gab es eine Verbindung. Mag sein, dass es an meinem überreizten Zustand liegt – ich bin schon viel zu lange hier –, aber es gibt auch Anhaltspunkte für meine Vermutung, Zeugen sozusagen. Der Briefträger erzählte mir, er habe ihn und meine Nachbarin oft frühmorgens schon auf der Bank vor dem Haus sitzen sehen, wenn er die Post – meistens Briefe aus Deutschland – brachte. Sie hätten Kaffee getrunken, und er habe den Eindruck gehabt, dass Frau Albertsen ganz genau gewusst habe, wer sich hinter den Absendern verborgen, was Karnstedt sich von den Inhalten versprochen, worauf er gewartet und wer ihn enttäuscht habe. Und auch die Polizisten, die nach seinem Verschwinden mit den Ermittlungen begannen, hätten zuerst seine Nachbarin befragt. Und jetzt – nach der Begegnung mit diesem alten Kauz, der Karnstedts kleines Grundstück am Wald will – bin ich mir ganz sicher: Die Albertsen stand ihm nah.

Jedenfalls kam ich erst vor einer halben Stunde zurück, zähneklappernd und froh, in der Dunkelheit überhaupt den Weg zum Haus gefunden zu haben. Nun sitze ich immer noch fröstelnd in der Küche, in langen wollenen Unterhosen und dem gestrickten bunten Pullover. Meine Klamotten hängen zum Trocknen am Fensterkreuz über dem Herd. Ich habe den Backofen eingeschaltet und die Klappe geöffnet. Die warme Luft lässt die Hosenbeine und Jackenärmel schaukeln.

Paula Albertsen hatte sich vor mir versteckt. Auf mein Klingeln hatte sie nicht reagiert, meine Nachrichten offenbar nicht aus dem Briefkasten genommen. Für mich hatte meine Nachbarin bis heute nur als ein Paar schwarzer Schuhe existiert; klobige Schuhe, die vor ihrer Tür standen, wenn sie zu Hause war, oder fehlten, wenn sie ihr Haus verlassen hatte. Vergeblich hatte ich Tage damit verbracht, ihr Haus nicht aus den Augen zu lassen. Irgendwann muss sie ja zurückkommen, dachte ich, oder aus der Tür treten. Ich saß in der Küche und wartete, bis draußen das Abendlicht strahlte und Paula Albertsens rote Dänenflagge mit dem grünen Gras um die Wette leuchtete. Doch zwischen Paula Albertsen und der Zeit schien irgendeine geheimnisvolle Absprache zu bestehen, die mich meine Nachbarin immer wieder verpassen ließ, gerade in den Augenblicken, wenn ich meinen Beobachtungsposten kurz verlassen musste, um auf die Toilette zu gehen oder sonst wohin. Ich bekam sie nie zu Gesicht. Bis heute Nachmittag, im Supermarkt.

Das Licht der Neonröhren tat gut. Es trotzte meiner trüben Stimmung, und die großen Spiegelflächen machten den Laden von den Kundenzahlen unabhängig. Der Brugsen-Markt genügte sich selbst – was mich beruhigte.

Ich war entschlossen, Karnstedts Arbeitszimmer aufzuräumen. Ich redete mir erfolgreich ein, es einfach ausmisten zu können – wie einen Keller oder Dachboden –, und griff zwischen Cornflakes-Packungen und eingeschweißten Käsestücken nach Bier und blauen Mülltüten, den größten.

Ich hätte nicht damit gerechnet, meiner Nachbarin ausgerechnet hier zu begegnen, obwohl es nahe lag, dass sie ihre Einkäufe in Varming erledigte und nicht für jedes Pfund smör in die Stadt fuhr.

Außer mir schoben noch drei andere ihre Einkaufswagen durch die Gänge. Man müsse jetzt noch zugreifen, riet mir Thorwald, Dosen in die Regale stapelnd, die Touristen seien bald weg und dann wäre es vorbei mit dem Verkehr an der Hauptstraße. Er fange jetzt schon an, das Sortiment zu verkleinern. Er redete auf mich ein und klopfte mir freundschaftlich auf die Schulter. Wieder begann sich dieses zwiespältige Gefühl einzustellen, hier schon längst kein Fremder mehr zu sein – da schlugen mit einem Mal knallend die Glastüren des Eingangs auf, und der Wind peitschte Regen herein. Ein heftiger Herbststurm brach los. Orkanböen fegten die Verkaufsstände vor dem Laden um, ließen die Sonderangebote knallroter Wetterjacken zu Ballonen aufgeblasen durch die Gegend fliegen. Sie klatschten an die Scheibe und blieben wie dicke aufgeplatzte Falter daran kleben.

Thorwald rief seiner Kassiererin etwas zu, was ich nicht verstand, und stürmte zur Tür, auf die Straße hinaus. Zeitungen wirbelten durch die Luft, die Tür ließ sich offenbar nicht schließen. Ein Windstoß war in das Regal gefahren und hatte es leer gefegt. Ich sah den verzweifelten Filialleiter schief gegen den Wind gestemmt mit den

Händen fuchteln, während ihm die Kassiererin und ein anderer Kunde zu Hilfe eilten. Hilflos bückte ich mich nach den zerfledderten Papierbogen des Ribe-Dagblad und raffte sie zusammen.

In diesem Moment trat ein Paar verdreckter Schuhe in mein Blickfeld. Ich erkannte sie sofort: ihre Schuhe, die ich so oft vor der Tür hatte stehen sehen, wenn ich bei ihr klingelte und klopfte; die Schuhe, an denen ich tagaus, tagein vorbeigegangen war, in der Hoffnung, dass sich die Tür gleich öffnen und meine Nachbarin erscheinen würde. Für einen Augenblick war sie zum Greifen nah, doch schon als ich aufsah, war sie wieder verschwunden. Ein Schritt nur. Sie musste in den Mittelgang zu den Getränken gegangen sein. Ich ließ meinen Wagen stehen. Ich würde sie finden – es war unmöglich, sie hier aus den Augen zu verlieren.

Paula Albertsen rannte – rannte die Reihen der Regale entlang bis zu deren Ende, verschwand um die Ecke Richtung Ausgang. Sie schien vor mir zu flüchten. Ich begriff es nicht. Warum? Sie kannte mich nicht, sie konnte nicht wissen, dass ich mit ihr reden wollte. Es sei denn, sie hatte sich tatsächlich die ganze Zeit vor mir versteckt, hatte zu Hause am Fenster hinter dem Vorhang gestanden und mich draußen vor ihrer Tür beobachtet, auf die Gelegenheiten gewartet, unbemerkt ihr Haus verlassen zu können.

Ich lief hinterher, an Thorwald vorbei, nach draußen. Der Regen roch nach Eis, und der Wind ließ meine Augen tränen. Sie hatte einen Vorsprung, überquerte schon die Straße, rannte mit wehenden Haaren zu dem Fußweg, der durch das kleine Wäldchen ans Flussufer führt. Ich rief ihren Namen, doch der Wind presste mir die Worte in den Mund zurück. Ich schnappte nach Luft.

Wie eine umherfliegende Wetterjacke sah sie aus, vorangetrieben vom Sturm, hin und her schaukelnd im Wind, bis sie zwischen den Bäumen verschwand, die kahl und schwarz gegen den Himmel standen. Der Orkan hatte die Kronen leer gefegt und den Fußweg fast unpassierbar gemacht. Armdicke Äste lagen quer, dazwischen Zweige, ineinander verhakt und verflochten, als hätten riesige Vögel ihre Nester gebaut. Die Gräben waren mit Blättern gefüllt, und auf den Feldern am Waldrand stand schon das Flusswasser in breiten, glänzenden Streifen. Wolken zogen schnell durch die Pfützen. Das Wasser zitterte noch von ihren Schritten.

Sie musste den Weg verlassen haben. Bis zu der mit Kiefern bestandenen Schonung hatte ich sie noch im Blick gehabt. Ich lief weiter durch das Wäldchen, Richtung Fluss – doch der pochende Schmerz im Fuß ließ mich immer langsamer werden.

Ein dürrer Mann in weiter Wolljacke und Gummistiefeln, groß wie Eimer, kam mir entgegen. An gestraffter Leine hielt er einen erbärmlich aussehenden Hund, der sich mit geducktem Kopf ängstlich nach ihm umblickte. Ich fragte nach der Frau – der Alte musste gesehen haben, in welche Richtung sie gegangen war. Aber er schüttelte den weißhaarigen Kopf, sah mich an. Ob ich ihm sagen könne, was aus dem Wäldchen werde, das er von Karnstedt gepachtet habe. Ich sei doch der neue Besitzer, oder? Ich machte ihm klar, dass ich nur vorübergehend hier sei, bis sich ein Käufer gefunden habe. Er winkte ab, blickte besorgt zu den schwankenden Baumkronen empor. Wir sollten hier lieber verschwinden, meinte er, er sei nur nach draußen gegangen, um nach dem Hund zu sehn. Ob ich einen Schnaps wolle; ich sähe so aus. Ich zögerte, sah mich suchend um. Er zuckte mit den Achseln und drehte sich, indem er dem Hund einen Ruck gab, schroff weg. Es gebe bessere Gelegenheiten, Paula Albertsen zu treffen, meinte er im Weggehen.

Der Sturm nahm noch zu. Wir gingen am Straßenrand gegen den eisigen Wind geduckt. Nicht einmal die Lichter in den Häusern konnten mehr den Eindruck von Zuflucht und Geborgenheit wecken. Es schien, als hätte die Zeit gefehlt, sie zu löschen, als wären die Häuser überstürzt verlassen worden – von ihren Bewohnern, die jetzt irgendwo versammelt beieinander saßen, die Köpfe ängstlich eingezogen, wartend, bis das Unwetter vorüberzog.

Sein Hof lag außerhalb Varmings, auf halber Strecke nach Ribe, direkt neben der ehemaligen Schule, die das einzige moderne Gebäude weit und breit war, ein leeres Gehäuse aus Beton und Glas. Eine seltsame Verkehrung, dass hier alle noch so alten Höfe und Ställe, maroden

Reethäuser und Schuppen bewohnt wurden, während der einzige Platz, der eigentlich Zukunft gehabt hätte, eine Ruine war. Ich hatte noch nie Kinder in Varming gesehen – früher musste es wohl welche gegeben haben, und in der Hoffnung auf mehr hatte man die Schule gebaut. Doch die Fenster waren jetzt blind, und nur ein paar aus Buntpapier geklebte Männchen hingen noch an den Scheiben. Sie starrten mit geknickten Köpfen zu uns herüber, während wir am verwaisten Spielplatz vorbei in die Hofeinfahrt traten. Er band den Hund an der verrosteten Achse eines Traktors fest und winkte mich zur Tür des Haupthauses. Ich zog den Kopf ein. Das Haus war jünger als das von Karnstedt, aber es hatte anscheinend die gleiche Größe und Raumaufteilung. Der Alte ging durch den Windfang in die Küche voraus.

«Ich lebe alleine hier …»

Er hatte es nicht entschuldigend gemeint. Die Küche war sauber, wirkte nicht nur aufgeräumt, sondern unbewohnt, als wäre jemand, der nicht hier lebte, unaufhörlich damit beschäftigt, alles bereitzuhalten – für Gäste, die sich angekündigt hatten und nicht kamen. Als genaues Gegenstück zu Karnstedts Haus, das nur von ihm erfüllt wurde, schien dieses Haus leer. Leer, aber gemütlich.

Der Alte gab mir den Schnaps in die Hand, und er brannte schon, bevor ich ihn getrunken hatte; die Schärfe stieg mir in Nase und Augen. Karnstedt hätte ihn gemocht.

«… nicht so alleine, wie die Albertsen lebt – oder Ihr

Freund gelebt hat und nicht mehr leben wollte. Aber allein genug, um die beiden zu kennen.»

Wir setzten uns. Er schenkte die Gläser noch mal voll. Ich las den Aufdruck *Heb an, trink aus!* Er lächelte.

«Die, die niemanden haben, kennen sich. Aber das hilft nicht. Hat man ja gesehen.»

Der Alte erzählte, weil er das Wäldchen wollte. Er machte es geschickt: Nur häppchenweise erfuhr ich, was er über Paula Albertsen und Karnstedt wusste. Erst musste ich mir anhören, wie sich Karnstedt stur und sinnlos geweigert hatte, ihm das Stück Land zu verkaufen, mit dem er doch nichts anzufangen wusste. Er dagegen könnte es brauchen, er habe eine Holzheizung. Außerdem habe er auch lange in Deutschland gelebt. Da helfe man sich doch. Ich versprach, mit Winthrop über den Preis zu sprechen – von mir aus könne er es haben und das Haus mit dazu. Er lachte. Ich achtete darauf, dass er mehr Schnaps trank als ich, bis sein Kopf glühte und er die Weste auszog.

Er habe mit Karnstedt oft getrunken. Hier in der Küche, am Tisch haben sie gesessen, das wisse keiner, außer der Albertsen – und mir. Weil es niemand was anging. Nicht einmal der Polizei habe er was gesagt. Er habe als Einziger gewusst, dass er nicht krank war; dass er schon immer so ausgesehen habe, so wie er eben aussah. Wenn es dunkel wurde, tauchte er auf, drückte sich drüben an der Schule herum, bevor er reinkam, zu ihm; saß auf der rostigen Schaukel. Er habe am Fenster gestanden und

Karnstedt beobachtet, den Kopf geschüttelt über ihn; keiner könne sich eine Vorstellung machen, wie alleine der war. «Ich holte ihn dann rein, jedes Mal; füllte ihn ab, das wollte er so. Aber das Wäldchen gab er nicht her. Hätte dann keinen Grund mehr gehabt zu kommen, wahrscheinlich deshalb.»

«Er wollte reden.»

«Er wollte nicht alleine trinken.»

«Aber Sie haben sich doch unterhalten.»

«Er hat für den Schnaps gezahlt! Wir waren keine Freunde.»

«Man kann sich trotzdem unterhalten.»

«Vielleicht mit der Albertsen. Als sie seine Nachbarin geworden war, im vorletzten Jahr, glaube ich, kam er nicht mehr so oft. Sie nahm ihn auch manchmal mit. Ins Museum.»

«Ins Museum?»

«Wikinger-Museum, in Ribe. Sie arbeitet dort.»

Der Alte ließ den Rest Schnaps in die Gläschen tropfen.

«*Heb an, trink aus!* Die hat er mir geschenkt. Kurz bevor er verschwand.»

V

Schweine!»

Karnstedts Zeichen wäre nicht zum Gesprächsthema der ganzen Region geworden, wenn er das renovierte Heimat- und Naturkundemuseum der Stadt verschont hätte. Aber das rote *K* war neben dem Messingschild in die sandstrahlgereinigten historischen Mauern gedrungen und wurde in der Lokalzeitung mit einer halbseitigen Abbildung bedacht.

Der Stadt-Anzeiger lag aufgeschlagen auf dem Tresen im Lotto-Toto-Laden. Simons Mutter las laut daraus vor. Durch die Zerstörungswut der Halbstarken sei das ganze ehrwürdige Gebäude, seine Erbauer, die mehr als dreihundertjährige Geschichte, die ganze Stadtgeschichte überhaupt besudelt worden.

Die Männer der Bergstraße steckten die Köpfe zusammen und nickten. Hätte man doch nur den alten Kasten lieber gleich abgerissen und durch einen Neubau ersetzt – wie es der Gemeinderat ursprünglich geplant hatte. Glatte Betonwände, porenlos, abwaschbar. Ernst, Albert, Fritz und Oskar waren sich einig.

Simon stand am Fenster, die Schultasche geschultert. Er sah nach draußen auf die Straße. Es war schon hell geworden. Nur in den Küchenfenstern der Häuserreihe gegenüber brannte noch Licht. Simon sah die Frauen hin- und hergehen, in den beleuchteten Rechtecken auf- und abtauchen. Sie räumten das Frühstücksgeschirr weg. In einer Stunde würden sie hier im Laden stehen, vor der aufgeschlagenen Zeitung, so wie ihre Männer, die dann bei der Arbeit wären.

Ein Kind mit Schulranzen kam aus dem Hauseingang mit der Nummer 22, rannte los, die Straße hinunter, ohne sich noch einmal umzudrehen, bis es im milchigen Licht des Morgens verschwand. Montag. Der Vormittag gehörte wieder den Müttern.

Simon warf einen Blick zur beleuchteten Reklameuhr über dem Tresen. Kurz vor sieben. Er hatte noch Zeit. Sein Fahrrad stand schon vor dem Laden, und Lisa Gernwohls Rad lehnte noch drüben an der Hauswand. Sie würde erst in zehn Minuten, spätestens in einer Viertelstunde losfahren. Es sollte wie ein Zufall aussehen. Er träfe sie vorne an der Ampel; bis zu ihrer Berufsschule hätten sie den gleichen Weg. Er könnte sie begleiten, neben ihr fahren; könnte still für sich ihre wehenden Haare bewundern und ihr wundervolles Lachen hören. Sie würde vielleicht seinen verstohlenen Blick auf ihre Beine spüren, eine Hand vom Lenker nehmen und den langen weiten Rock zusammenraffen. Aber sie wäre ihm deshalb nicht böse. Sie würde lächeln, und vielleicht dächte Simon wenigstens für einen Moment nicht mehr an die Frau vom See. Er musste verdammt noch mal auf andere Gedanken kommen. Er wollte es wenigstens einmal versuchen, Karnstedt zuliebe.

Simon drückte sich an den Männern vorbei, die breitschultrig vor dem Tresen standen. Fritz, der eine Tippgemeinschaft anführte, führte auch das Wort. Er ließ sich Feuer und ein Weinbrandfläschchen geben. Flach und bernsteinfarben glitt es in die Jackentasche. Auf ihn höre ja keiner, sagte er, er wüsste schon, wie man den Rowdies das Rumgeschmiere austreibe, aber heutzutage gelte ja nur noch, was die Studierten aus der Stadt sagten. Klugschwätzer! Steineschmeißer! Als ob man fürs Heimatmuseum einen «Pädagogen» brauche oder einen weißen Kittel für die Werkbank.

Simon versteckte sich in seiner Nische bei den Abenteurern und Weltfahrern. Aber er fand keine Ruhe; statt bunten Wimpeln wehte ihn eine Schnapsfahne an. Fritz wedelte mit dem Stadt-Anzeiger vor seiner Nase.

«Hast du das gelesen? He? *Das* musst du lesen! – Gehörst du auch zu denen!?

Simon stand wie versteinert da, starrte Fritz an, dessen rot glänzendes aufgeblasenes Gesicht wie ein prall gefüllter Ballon vor ihm hin- und herschaukelte. Wut stieg in ihm auf, eine heiße Welle, die in seinen Ohren rauschte.

Seine Mutter zwinkerte ihm zu – bleib ruhig, Simon, du kennst doch Fritz, der meint's nicht so. Aber Simon wollte nicht verstehen, und er wollte diesen Kerl nicht kennen. Statt die Zeitung zu nehmen, ballte er die Faust.

«Simon liest solche Blätter nicht! Gell, mein Freund!»

Die Männer drehten sich um.

Karnstedt stand in der Tür, nickte den Männern und Simons Mutter freundlich zu. Er trug eine gelb gestreifte Mütze.

«He, wir müssen los! Kommst du?»

Karnstedt zog seine Wollmütze tief in die Stirn, sah sich um, als wollte er eine Bank ausrauben. Nur an die auffallend gelben Streifen würden sich die Zeugen erinnern können. Ernst, Albert, Fritz und Oskar blieb die Spucke weg. Karnstedt ließ sich von Simons Mutter zwei Becher Vanillemilch aus dem Kühlschrank geben und zog seinen Freund aus dem Laden. Nebenbei hatte er noch den Stadt-Anzeiger eingesteckt.

«Was machst du denn hier? Du holst mich doch sonst nie ab.»

«Ich kam doch gerade rechtzeitig. Muss zum Bahnhof. Termin in der Klinik.»

Simon schob sein Fahrrad und stierte vor sich hin. Nicht einmal als Lisa Gernwohl klingelnd an ihm vorbeifuhr, sah er auf. Aber in seinen Augenwinkeln flatterte ihr geblümter Rock.

«Wieder ein Test?»

Karnstedt nickte.

«Pumpen mich mit Hormonen voll – Haare! Ist wahrscheinlicher, dass mir ein zweiter Sack wächst.»

«Ehrlich!?»

«Quatsch! Aber ein Versuchskaninchen bin ich schon für die. Oder besser: ein Laboraffe! Gestern musste ich mir anhören, dass ein frisch geborenes Schimpansenbaby zwar Haare auf dem Kopf, aber fast keine am Körper hat. Neotonie nennt sich das. Schon mal gehört?»

Karnstedt erwartete keine Antwort; er war der Fachmann.

«‹Unvollkommener Entwicklungszustand›, sagt Dr. Frankenstein, ein Phänomen! Kindermerkmale können über das Erreichen der Geschlechtsreife hinaus erhalten bleiben.»

Simon lachte auf.

«Er meint, du bist ein Riesenbaby.»

«Er ist ein Arschloch! Unvollkommener Entwicklungszustand! Hör jetzt auf zu lachen, sag ich!»

«Sei doch nicht so empfindlich …»

Karnstedt gab Simon eine Vanillemilch, riss die Folie seines Bechers ab.

«Haare zu haben – *das* ist unvollkommen!»

Er nahm einen großen Schluck.

«Der voll entwickelte Mensch braucht keine Haare. Das sind äffische Überbleibsel. Der haarlose Hominid! Ich bin der lebende Beweis dafür! Die Krönung der Schöpfung.» Das konnte Karnstedt nicht ernst meinen, aber Simon verkniff sich vorsichtshalber, über den breiten Milchbart an seinem Mund zu lachen.

«Wenigstens musst du nicht in die Mühle.»

«In der dritten Stunde bin ich da. Übrigens: Mach dir wegen Tummer keine Sorgen. Wird heute nicht die Nerven haben, dich zu triezen.»

«Wie?»

«Ich weiß zufällig, dass er anderweitig sehr beschäftigt ist.»

«Gibt's da was, was du mir sagen solltest?»

Karnstedt steckte sich betont lässig eine Zigarette an.

«Bis später, in der Arena – freu mich auf die Raubkatze!»

Den Milchbart hatte er immer noch.

Fünfzehn Schüler verteilten sich im Rund des Biosaals. Großformatige Porträts blickten von den Wänden auf sie herab: Gregor Mendel mit Nickelbrille, Davidson Black hornbebrillt, Lamarck gepudert, Wallace, Darwin – in einem Gleichmaß gehängt, als hätten die Erbauer des Gymnasiums die Wände nach den Bildern ausgerichtet.

Nur die Unerschrockenen und Verzweifelten belegten Löwes Kurse.

Tummers Truppe ballte sich in der obersten Bankreihe, fünf fast durchsichtige Mädchen saßen in der Mitte. Simon, der die Pause im Biosaal verbracht hatte, um draußen von Tummer nicht gestellt zu werden, hatte zwei Plätze in der ersten Reihe belegt. Vererbungslehre wurde als Sternchenthema im Abitur gehandelt; naturgemäß Karnstedts Gebiet, was für Tummer Grund genug gewesen war, den Kurs zu nehmen. Ob Sport oder Deutsch, Biologie oder Englisch, die Fächer waren gleichgültig. Tummer ging es immer nur darum, mit dem Kahlkopf zusammen am Start zu sein. Mit Simon hatte er sich nie gemessen, Simon war nicht aus Karnstedts Schatten getreten. Das hatte sich jetzt geändert. Jetzt teilte er mit Tummer ein Geheimnis.

Simon konnte Tummers Blicke im Genick spüren; sein Herz klopfte bis zum Hals. Er spürte Tummers Zweifel – und seine Angriffslust. Tummer schickte ihm Bilder und Erinnerungen – er wollte wissen, was Simon inzwischen wusste von der Frau am See. Ob er geplaudert hatte.

Simon atmete auf, als er Karnstedt sah. Erst nach dem Klingeln kam er herein, gefolgt von Löwe, der einen Stapel Ordner auf das Stehpult knallte.

Karnstedt sah blass und müde aus, aber er grinste über das ganze Gesicht.

«Wir kriegen unsere Arbeiten zurück.»

Löwe – der sich, wie er immer sagte, noch jung fühlte, was ihn jeden Tag älter aussehen ließ – rückte die Brille zurecht, schlug einen der Ordner auf und las:

«Dicht hinter der weißen Mauer des stattlichen Augustinerklosters von Altbrünn in Österreich liegt ein schmales, ungefähr vierzig mal sechs Meter großes Stück Garten, durch eine Hecke von den angrenzenden Feldern getrennt. Während der 1850er und 60er Jahre blühten in diesem Gärtchen in jedem Frühjahr Scharen von Blumen und Hunderte von Erbsenpflanzen, die an Sprossengittern, an den Ästen naher Bäume oder an ausgespannten Bindfäden rankten.

Zwischen den blühenden Pflanzen bewegte sich ein junger, lebensfrischer und recht korpulenter Mönch. Nachdem er mit einer feinen Zange und geschickter Hand die weißen und vio-

*letten Blüten der Erbsen geöffnet hatte, entfernte er die Kiele,
hob behutsam die Staubbeutel ab und übertrug mit einer Ka-
melhaarbürste auf die Narbe jeder Erbsenblüte den Samen-
staub von einer anderen. Dann umhüllte er die behandelten
Blüten mit kleinen Beuteln aus Papier und Stoff, um zu ver-
hindern, dass Bienen und Erbsenwürmer anderen Blütenstaub hineintrugen.*

*Der Mönch war Gregor Johann Mendel, und die Arbeit,
die er so liebevoll und unermüdlich tat, sollte eines Tages der
Welt zeigen, wie alle Charakteristika von den Eltern auf die
Nachkommen übergehen. In dem stillen, geschützten Garten
entdeckte Mendel die Gesetze der Vererbung ...* und so weiter ...»

Demonstrativ fuhr er durch die Seiten.

«... und so weiter! Was halten Sie davon?»

Er ging auf und ab.

«Fräulein Beate! He?»

Beate nahm Gestalt an.

«Schön?»

«Schön?!»

«Ich hab dir gleich gesagt, das wird zu blumig», zischte
Simon, aber Karnstedt winkte vergnügt ab.

«Herren und Damen! Über die Entdeckung der Erb-
lichkeit sollten Sie schreiben, nicht wahr? Als General-
probe für die Prüfung war das gedacht, oder? Ich hab so
einiges bekommen ...»

Löwe nickte Simon wohlwollend zu.

«... aber so etwas: *im lieblichen österreichischen Frühling*

von *1856, als die Erbsen in dem überfüllten Gärtchen zu blü-*
hen begannen ...»

Tummer prustete los.

«*... Gärtchen – zu – blühen – begannen –* Tummer, hören
Sie ruhig zu –, *führte Mendel mit seiner gewohnten behut-*
samen Technik den Blütenstaub von einer Pflanze, die immer
runde Erbsen erzeugte, auf die Narbe einer mit geschrumpf-
ten Körnern. Und die gleiche Kreuzung machte er mit all den
anderen Paaren. Dann beobachtete er seine Kinder und war-
tete, vorsichtig prüfend, auf das Reifwerden der Erbsen ...»

Löwe trat mit dem Ordner wedelnd zu Karnstedt.

«Das hier, Karnstedt, ist ...»

«... ein Schmarrn!», rief Tummer, und seine Clique
beugte sich grölend vor Lachen über die Tische.

«Ruhe!»

Simon warf einen Blick zu Karnstedt, der sich seiner-
seits schräg gesetzt hatte, um Tummers Gesicht sehen zu
können.

«... das ist in der Tat – GROSSARTIG!»

Tummer erstarrte.

«Sicher, etwas weitschweifig und zu ...

«... blumig!», warf Karnstedt ein.

«... blumig, ja – nehmen Sie Ihre Mütze ab, Karnstedt!
Ich meine, so kann man das in der schriftlichen Prüfung
natürlich nicht machen, aber der Geist, der Pioniergeist
des Forschers erster Stunde, die Erregung des Entde-
ckens, meine Herrschaften da oben!, das ist sondergleichen getroffen, sondergleichen! Bravo!»

Die Erregung ließ nach. Löwe stürzte sich auf die restlichen Arbeiten: auf die Samenformen, die Farbe der Erbskörner, den Farbton der Samenkapseln, die Form der reifen Schoten: einfach gebogen, aufgebläht oder eingeschnürt.

Simon wollte von all dem nichts mehr hören, und er hätte auch lieber nicht gewusst, wie Tummers Aufsatz besprochen wurde, den Löwe «fleißig» nannte. Ihn interessierte nur, wie er Tummer bis zum Abi aus dem Weg gehen und sich die Frau aus dem Kopf schlagen konnte.

«Löwe ist ein Idiot.»

Simon war nach der Stunde mit Karnstedt schnell in die Bibliothek verschwunden, wo sein Freund suchend die Regalreihen abschritt. Simon sah ihn fragend an.

«Wieso? Er sagte, dein Aufsatz sei großartig – meinen hat er nur fabelhaft genannt.»

«*Antr. O 80 Heb* – so ein dickes, graues … da müsste es doch stehen! Ja, schon – es war klar, dass Löwe meinen Aufsatz lieben wird. Sie sind alle so berechenbar! Wusstest du, dass er seine Ferien immer in Österreich verbringt? Wandern!»

«Na ja, das reicht aber …»

«… dass er Diavorträge über Gärten hält, eigentlich nie Lehrer werden wollte?»

«… und sein Leibgericht Erbseneintopf ist, was? Mensch, Karnstedt!»

«Jedenfalls: Worum es mir eigentlich ging, hat er überhaupt nicht kapiert.»

«Um Mendels dicken Bauch.»

«Klar, erst Mendels Bauch brachte die Sache ins Rollen. Wo ist das Buch? Mist!»

«Wie soll Löwe das verstehn, er ist schlank.»

«Irgendwas hat jeder oder eben nicht. Die Unterschiede sind entscheidend. Stell dir den Mendel als dünnen Hering vor. Der hätte seine Zeit doch nicht phlegmatisch im Garten vor dem Haus verbracht, bei den Erbsen. Wahrscheinlich wäre er herumgereist und auf Berge geklettert – nur um Auslauf zu haben. Dann hätt's keine Mendel'schen Gesetze gegeben. Da gucken wir hoch zu den Köpfen der großen Forscher, aber die sagen nichts aus. Den Bauch hätten sie porträtieren sollen oder einen Klumpfuß oder einen zu klein geratenen Schwanz!»

«Ach, Karnstedt …»

«Ist doch wahr! Was wir haben – oder besser: *nicht* haben, macht uns erfolgreich.»

«Und was hab ich?»

«Du hast mich.»

«Und was hat Tummer?»

«Keinen kleinen.»

Simon biss sich auf die Lippen.

«Ach, komm! Wir werden es Long-tail-Tummer schon noch zeigen, verlass dich drauf.»

«Verzichte.»

Karnstedts Augen blitzten Simon wütend an.

«So, so. Welde, du hast wirklich keinen Schimmer!»
Simon verzog das Gesicht.

«Ich hab ja dich! Du zeigst mir schon, wo's langgeht. Karnstedt sei Dank!»

«Genau – und ich sag dir: Tummer wird Augen machen. Ah – da ist es ja: *Die Entstehung der Tauglichsten* von Edward D. Cope.»

Karnstedt zog das Buch heraus.

«Was hast du damit vor?»

«Ich muss mich vorbereiten, wirst schon sehn. Du kommst zum Museum, heute Nachmittag …»

Karnstedt zog die Mütze auf und ging.

«… um drei!»

Das wäre ein guter Tag, ihm die Freundschaft zu kündigen, dachte Simon.

VI

Diese Schweine!»
Hauswart Mengel versuchte es mit Nitroverdünnung und
Stahlbürste – ohne Erfolg. Die Farbe saß im Gemäuer, in
jeder Ritze des Steins. Er machte es nur noch schlimmer.
Mit seinem Reiben und Kratzen verschmierte die Farbe
wolkig und rosa.

Je länger er an der Wand neben dem Eingang zum
Museum herumrieb, immer dieses verhasste Zeichen vor
Augen, dessen Bedeutung er nicht verstand, umso ängst-
licher wurde er.

«Simon! Mensch, spinnst du? Was schleichst du denn
hier so rum?»

Mengel durchfuhr der Schreck. Der große Mengel,
Herr über die Räume, schrumpfte und zuckte, als wollte
er in eine Mauerspalte kriechen. Seine Lippen zitterten.
Ein alter Mann, der sich vor den jungen Leuten fürchte-
te. Vor den Buben und Mädchen, die er mit Bonbons und
Negerküssen belohnt hatte, wenn sie ins Museum kamen,
und die schon mal über die Stränge schlagen durften. Ein
Auge zudrücken war seine Devise gewesen. Aber die Buben waren keine Buben mehr, und die Mädchen – das waren Flittchen, die im See endeten.

104

Simon trat einen Schritt zurück, hob entschuldigend die Hände.

«Tut mir Leid …»

Ausgerechnet hier wollte sich Karnstedt mit ihm treffen. Eine Schnapsidee – da könnte er Mengel ja gleich die Sprühdose in die Hand drücken.

Mengel beruhigte sich.

«Verdammte Schmiererei! Und ich hab nichts gemerkt! Krieg's nicht mal mit, wie du da ankommst, stehst plötzlich hinter mir. Ist wohl das Alter – da schleicht sich alles an, fühl mich ganz klapprig heut.»

Simon sah sich unsicher um.

«Sonst alles fertig für die Eröffnung?»

«Ach, was denn, keine Spur! Drinnen stehn noch meterhoch Kartons, weil die neuen Vitrinen nicht fertig sind. Und jetzt das hier!»

Mengel fixierte Simon misstrauisch. Simon spürte eine Hitze in sein Gesicht steigen, die ihm den Schweiß aus den Poren trieb.

«Seid ihr denn wenigstens fertig geworden?»

Simon sah ihn fragend an – er hatte keine Ahnung, wovon Mengel sprach. Aber der Alte bemerkte nichts, warf Stahlbürste und Putzlappen in den Eimer und trottete los. Simon blieb stehen. Mengel winkte ihn ungeduldig zu sich.

«Komm, hinten rein! Ich zeig dir schon mal den Platz. Noch eine Sonderausstellung in letzter Minute – ein Irrsinn! Wenn's nach mir gegangen wär! Und was macht die

Museumsleitung – Geschäftsreisen! Wann bringt ihr die Sachen?»

Wo, zum Teufel, blieb Karnstedt?

Durch eine Tapetentür betraten sie das Halbdunkel des Museums. Es roch nach Klebstoff und Farbe.

«Hier unten ist ja alles fertig, aber oben, das musst du dir …»

Mengel verschwand hinter schwarzen Stellwänden, seine Stimme und Schritte entfernten sich. Simon blieb regungslos stehen. Ein Surren lag in der Luft. Über ihm funkelten die Düsen des Sprinklersystems wie Sterne am Nachthimmel.

Er ging durch das Labyrinth aus Wänden, verlor sich zwischen Panoramakarten und topographischen Modellen der Alb – in beleuchteten Glaskästen, die als Inseln aus Licht in der Dunkelheit auftauchten.

Ein Bussard setzte zum Flug an, ein Biber nagte an einem grünen Ast, der immer frisch blieb. Simon trat durch Büsche, ohne die Blätter zu bewegen, folgte einem erstarrten Wasserlauf, bis er plötzlich am Ufer eines tiefblauen Waldsees stand. Seine Knie wurden weich, er ging in die Hocke, starrte: Eine junge Frau zog dort lachend ihren Freund ins Wasser, seine Badehose im gleichen Rot wie ihr Bikini. Ein Fahrrad stand an einen Baum gelehnt, Kleiderbündel auf dem Gepäckträger. Kaum einen Fingernagel groß waren die Figuren des Modells.

Mit spitzen Fingern wollte Simon nach ihnen greifen,

wollte sie aus der Landschaft pflücken, auf seine Hand-fläche setzen, die Finger um sie schließen, verschwinden lassen in seiner Tasche, aber der See – sein See – war von einer Glaskuppel umschlossen; unberührbar, unveränder-lich, versiegelt. Nur für Sekunden blieb der feuchte Ab-druck seiner Finger auf der Scheibe haften.

«Da bist du ja!»

Simon nahm von Karnstedt, der neben ihn trat, keine Notiz. Er konnte den Blick nicht von dem Modell und dem Paar lassen. Karnstedt setzte seinen Rucksack ab und klopfte ihm auf die Schulter.

«Tolles Ding, was! Hat ein Profi gemacht. Muss sich gefühlt haben wie ein Gott. Ich war dabei, als es aufgestellt wurde. Ein schönes Pärchen! Ich musste sofort an dich denken.»

Simon verzog das Gesicht.

«Was hast du mit dem Museum zu tun? Und diese Son-derausstellung? Was meinte Mengel damit? Ich wusste überhaupt nicht, wovon er redet, kam mir total bescheu-ert vor.»

«Wart's ab! Schau mal, hier! Noch eine Überraschung.»

Karnstedt ging ein paar Schritte an dem Modell ent-lang und zeigte zum Wald, der den See auf der anderen Seite begrenzte und in einem großen Wandbild eindimen-sional fortgeführt wurde. Simon folgte ihm. Dieser tote See faszinierte und stieß ihn gleichermaßen ab.

Karnstedt freute sich wie ein kleiner Junge. Simon hatte den Grund dafür schon entdeckt.

«Weil die übrig waren, hab ich mir erlaubt … in einem unbemerkten Augenblick …»

Ganz versteckt, zwischen den Plastiktannenbäumchen im Unterholz, auf Moos und Flechten lag da noch eine Figur. Mit dem Rücken nach oben – ein Mann, wie der andere mit einer rot lackierten Badehose bekleidet. Und unter ihm lag eine Frau, die Arme um den Mann geschlungen, die Beine in die Luft gestreckt.

«Das sind Kattwick und Lisa Gernwohl, weißt du – hier ist das mit dem Baby passiert. Hab sie schnell zurechtgebogen, war gar nicht so einfach. Bisher hat's keiner gemerkt.» Karnstedt grinste breit, obwohl ihn Simon verächtlich ansah.

«Junge, du musst an deinem Humor arbeiten! Na, los, dann zeig ich dir jetzt, was wir – zwei Söhne der Stadt – für die Neueröffnung unseres Heimatmuseums tun werden. Man wird stolz auf uns sein.»

Als sie die Treppe in den ersten Stock nahmen, kam ihnen der alte Mengel schon entgegen.

«Ah! Karnstedt, endlich! Wo warst du denn, Simon!?»

Aber er erwartete keine Antwort. Schnaubend machte er wieder kehrt und ging ihnen nach oben voraus.

«Noch eine – ist im zweiten!»

Die Treppe führte zu einem engen Flur, wo mit Schaumstoff isolierte Rohre aus den Wänden ragten. Über Müllsäcke und Bauschutt stolperten sie in einen abgedunkelten Raum.

Mengel tastete nach dem Schalter, die alten Neonröhren füllten sich mit fettgelbem Licht. Für einen Augenblick glaubte Simon, in der kleinen Bar ihres Pornokinos zu sein: Vor ihm schimmerten Flaschen und Gläser – blau, grün und braun in allen Formen und Größen reihenweise in Regale gestellt. Er sah sich schon nach einem Hocker um, da erwachten die Gläser, glotzten ihn plötzlich aus dunklen Augen an, streckten Beine und Ärmchen entgegen.

«Kein Tageslicht, wegen der Präparate. Aber ihr sollt auch Vitrinen mit Beleuchtung kriegen. Wenn sie dann mal fertig sind.»

Sie gingen an den Regalen entlang, vorbei an den aufgeschwemmten Fröschen und Blindschleichen, die zu Zöpfen verschlungen aufrecht im Alkohol standen. Vergilbte Etiketten klebten an den Gläsern, in einer verblassten blauen Handschrift mit einer Nummer und dem Namen der Spezies versehen.

«95 Prozent Ethanol, 5 Methanol – die Spirit Collection. Standen im Keller der Schule, jahrzehntelang, vielleicht Jahrhunderte. Keiner weiß, wer die mal gesammelt hat. Der neue Museumschef hat sie hierher geholt.»

Karnstedt griff vorsichtig nach einem eingelegten grün schimmernden Fisch.

«Den gibt es vielleicht schon gar nicht mehr – die sind wahrscheinlich alle längst ausgestorben. Ihre Zeit ist vorbei, aber sie mussten bleiben.»

«Ist das die Sonderausstellung?»

Karnstedt schüttelte den Kopf und wies auf die Wand

am Ende der Regalreihen, wo Mengel bereits wartete; ungeduldig winkte er ihnen zu.

«Also, hier, unter die Fenster, kommen die zwei Vitrinen hin – sollen morgen geliefert werden. Die bestückt ihr dann wie besprochen. Viel Platz ist nicht. Hast du die Exponate dabei?»

Mengel sah Simon fragend an, doch bevor er noch sagen konnte, dass er von nichts wisse, öffnete Karnstedt seinen Rucksack und nahm einen grauen Karton heraus. Simon starrte ihn entgeistert an – es war eine seiner Schuhschachteln. Karnstedt hob den Deckel ab, Mengel griff hinein.

«Schöne Stücke, Simon, und die sind alle aus dem alten Steinbruch?»

«Bis auf die Knochen», sagte Karnstedt und lächelte.

Es war Karnstedts Idee gewesen: Zur Eröffnung des neuen Heimat- und Naturkundemuseums sollte es eine Ausstellung geben, eine Ausstellung mit Versteinerungen und prähistorischen Fundstücken aus der Region – von kundigen Amateuren gesammelt und aufbereitet. Karnstedt hatte die Organisation übernommen. Kurzfristig.

«Und es gibt keine anderen Teilnehmer außer dir! Na gut, der eine oder andere Knochen von mir ist auch dabei. Es musste ja alles ganz schnell gehen. Ich hatte nur ein paar Tage Zeit. Die Museumsleute waren von deinen Ammoniten begeistert.»

Karnstedt zwinkerte Simon zu, doch der ging schweigend neben ihm. Er war sich wie ein Idiot vorgekommen – völlig ahnungslos, was Karnstedt hinter seinem Rücken eingefädelt hatte, war ihm nichts anderes übrig geblieben, als dabeizustehen und zuzuschauen, wie Karnstedt seine Steine präsentierte.

«Hey! Und das Beste: Wir bekommen zwei von Tummers Vitrinen. Oh, wie ihn das wurmen wird!»

Simon versuchte ruhig zu bleiben.

«Ja, ja, aber du hättest mir das sagen müssen. Einfach meine Steine nehmen, ohne mich zu fragen! Wie kannst du über meinen Kopf weg …»

«Mensch, es wird doch Zeit, dass die mal gezeigt werden! Stell dich nicht so an!»

Simon dachte an seine Briefe – wenn Karnstedt einfach in einem unbemerkten Augenblick die Steine eingesteckt hatte, würde er womöglich auch seine Nase in die Schachtel mit den Liebesbriefen stecken. Vielleicht hätte er ihm nie von der Begegnung am See erzählen dürfen, hätte Karnstedt verbieten sollen, nach der Frau zu suchen. Vielleicht ging es Karnstedt nur darum, Tummer eins auszuwischen.

Simon blieb stehen.

«Was ist?»

«Wir sind Freunde. Oder?»

Karnstedt lachte und wuschelte ihm die Haare.

«Und was für welche! So was gibt's nicht noch mal.»

Karnstedt sah Simon ernst an und sagte dann in seltsam feierlichem Ton:

«Willst du den Beweis? Komm ins Museum morgen – zur verabredeten Zeit. Und zieh dir was Ordentliches an. Du bist schließlich Wissenschaftler, und es ist deine erste Ausstellung.

Tummer wurde herumkommandiert. Sein verwaschenes, zu kurzes T-Shirt war durchgeschwitzt, und im Gesicht leuchteten nervöse rote Flecken. Er stand im Treppenaufgang des Museums, eingekeilt zwischen Vitrine und Geländer, und blickte hilflos zu seinem Vater hoch, der ein paar Stufen höher das Möbel mit gekrümmtem Rücken hielt.

«Hoch, verdammt noch mal, hoch! Mein Gott! Wozu bezahl ich denn dein Krafttraining?»

Tummer zitterte, versuchte den Kasten über das Geländer zu wuchten.

«Oh, mein Kreuz. Halten! Halten!»

Doch als über ihm – einen Stock höher – plötzlich ein kahler Schädel auftauchte und Karnstedt über das Geländer gebeugt zu ihm herunterblickte, rutschte Tummer vor Schreck die Vitrine aus der Hand und schepperte die Stufen hinunter.

Karnstedt schüttelte den Kopf.

«Mensch, Tummer, sag doch was, wenn du Hilfe brauchst. Hausmeister Mengel kann doch mit anfassen. Ich hab leider zu tun, muss mich um die Ausstellung kümmern. Die Vitrine kommt zu mir in den zweiten Stock. Wir stellen sie dann so, dass man die Macken nicht so sieht – Tag, Herr Tummer, schön, Sie kennen zu lernen. Tolles Ding haben Sie da gebaut.»

Tummers Vater lächelte verdutzt. Karnstedts Kopf verschwand.

«Netter Kerl. Ist das ein Klassenkamerad von dir?»

Tummer blieb der Mund offen stehen.

Simon hatte im Ausstellungsraum gewartet. Als Karnstedt lachend zurückkam, dröhnte hinter ihm Tummers Stimme durchs Haus.

«Karnstedt!!! Du Sack! Komm her!»

«Das gibt Ärger.»

Karnstedt winkte vergnügt ab.

«Der Ärger fängt erst an, mein Lieber, wenn er dich hier sieht. Aber solange sein Alter dabei ist, kann uns nichts passieren. Schicke Klamotten hast du an. Sehr gut.»

Er zupfte an Simons geblümtem Hemd.

«So. Dann kann's ja losgehen.»

Wenn ich die Augen schließe, sehe ich noch alles vor mir. Als beträte ich einen Raum, in dem ich mich bewege, ohne etwas verändern zu können; einen stummen Zeit-Raum, der sich langsam ausdehnt, an den voll gestellten Regalen entlang, vorbei an den schimmernden Gläsern zur Tür hin, durch die jetzt Tummer tritt und vor Staunen erstarrt, weil er mich hier antrifft; einen Raum, der sich zieht und weitet, die Figuren umstellt wie auf einem Spielfeld. Ich sehe uns alle am Fenster stehen – Tummer, Mengel, Karnstedt –, vor den geöffneten Vitrinen, sehe darin die Ammoniten liegen, wie Fingerabdrücke von Riesen, und in meinen Händen Karnstedts blitzend poliertes Messingschild, sein Geschenk an mich, mit der Prägung *Simon-Welde-Collection*. Ich fühle die beiden kleinen Schrauben, die ich, von Tummers wütenden Blicken nervös geworden, zwischen meinen Fingerkuppen rolle, bis sie mir entgleiten, weil sich der Raum zu drehen beginnt, immer schneller, als hätte ihn ein Strudel erfasst.

Sie kam durch den Gang zwischen den Regalen. Sie erkannte mich nicht sofort, nickte Mengel zu, wünschte einen guten Morgen in die Runde, gab Karnstedt die Hand. Ein kurzer Blick nur zu Tummer, das Zucken seiner Augenbrauen – ein Zeichen, den Kopf zu mir zu wenden. Dann die Stille in dem Moment, als sie mich erkannte; die Stille, als wir uns ansahen, eine Stille, die alles zu verraten schien.

Dann hörte ich Karnstedts Stimme sagen:

«Darf ich vorstellen: Frau Selmer, unsere neue Museumsleiterin – Simon Welde, angehender Paläontologe. Aber vielleicht kennen Sie sich schon …»

Erschrocken drehten wir die Köpfe zu Karnstedt, starrten ihn an.

«… die Welt ist ja klein!»

Varming, 13. September

Ich habe Karnstedt gehört. Heute Morgen säuselte seine Stimme unvermittelt aus dem Arbeitszimmer, während ich mir aus der Küche Kaffee holte. Ich ließ die Tasse fallen. Er sprach weiter, ohne Unterbrechung, ohne Punkt und Komma klebte er die Worte aneinander, zwar seltsam unbetont, wie ich es von damals nicht kannte, doch ich habe ihn trotzdem sofort erkannt. Erst als eine zweite Stimme aus dem Zimmer tönte, eine dieser Radiostimmen, die zu niemandem und jedem gehört, begriff ich, dass Karnstedt nicht zurückgekommen war, dass ich lediglich die Aufnahme eines Interviews hörte. Ich ging zur Tür und sah, mit Herzklopfen an der Schwelle stehend, seine endlosen Satzketten in gereihten grünen Punkten auf dem Bildschirm des Computers leuchten. Ich musste die Datei geöffnet haben, ohne es zu merken.

«Ich bin kein Kreationist – Gott bewahre –, aber können Sie den aufrechten Gang erklären – oder – Sie erlauben – die Haarlosigkeit – hahaha – …»

Ich war dabei, sein Arbeitszimmer aufzuräumen. Papiere zu sammeln, Disketten zu sichten, Häufchen und Haufen zu stapeln, in der Hoffnung, nichts zu finden, was

mit mir zu tun hat. Es ist Sonntag, und wenn ich – wie ich
mir vorgenommen habe – morgen nach Ribe fahre, um
Paula Albertsen im Museum zu treffen, dann will ich darauf vorbereitet sein. Ich will ihr, nach der Jagd durch den
Sturm, nicht länger hilflos und unwissend unter die Augen
treten; immerhin weiß ich seit der Begegnung mit dem
Alten, dass meine Nachbarin und Karnstedt tatsächlich
eine engere Beziehung unterhalten haben, und wahrscheinlich ist sie sogar die Einzige gewesen, mit der er
über sich und seine Arbeit je gesprochen hatte.

Was ich wild zerstreut auf dem Fußboden fand, war die
Materialsammlung zu einem Manuskript, wohl Karnstedts letzte Arbeit. Über hundertfünfzig Jahre Wissen-
schaftsgeschichte zur Menschwerdung. Aber nicht die
Erkenntnisse und Funde interessierten ihn, nicht Gene-
tik und Abstammungslehre, sondern die Wissenschaftler
selbst, die allein in der Forschung ihren Lebensinhalt gesehen hatten. Karnstedt beschrieb ihre Deformationen,
ohne die sie – dessen war er sich sicher – keine Forscher
geworden und ohne Ergebnisse geblieben wären. *Mendels
Bauch* hat für Karnstedt an Wichtigkeit nicht verloren,
aber er hat seine Studien verfeinert und ausgeweitet.

In einem Kapitel beschrieb er die Kindheit J. B. S. Hal-
danes, der in seinem späteren Leben wie kein anderer vor
oder nach ihm zeigte, welche Bedeutung der Mutation
bestimmter Merkmale für Darwins Begriff der natür-
lichen Auslese zukam, als Kind jedoch froh gewesen sein
musste, überhaupt die Experimente seines Vaters zu über-

leben. Der hatte sich als Physiologe 1892 mit der Frage be-
fasst, was eigentlich die Luft schlecht macht, und seinen
vierjährigen Sohn in den Schacht eines stillgelegten Berg-
werks mitgenommen, um die schädliche Wirkung von
Kohlensäure zu demonstrieren. Er ließ ihn aufrecht stehend die Rede des Marc Anton rezitieren – «Freunde,
Römer, Landsleute» –, bis der Junge zu ächzen begann,
in die Knie ging und zu Boden sank. Mit frischer Luft
wiederbelebt, blieb er dem Vater erhalten – für weitere
Experimente, die er während der gesamten Schulzeit und
Studienjahre über sich ergehen lassen musste.

Unzählige Beispiele hat Karnstedt gesammelt, aus allen
Bereichen der Evolutionsgeschichte hat er die schrägen
Biographien ihrer Forscher zusammengetragen. Bei jedem Porträt schrieb er so indirekt auch über sich selbst,
sein eigenes Leben. Und über mich.

Ich hatte gerade in seinem Kapitel über den zu klein
geratenen Fossiliensammler Cope gelesen, als ich mir
Kaffee machen wollte und Karnstedts Stimme hörte. Ich
brauchte nur einen Augenblick, um mich auf Karnstedts
Sprechen einzustellen. Es war, als legte sich ein Schalter
um. Karnstedt war bei mir. In meiner Bude unterm Dach,
an einem dieser Abende, wo uns nichts fehlte, weil wir
unsere Freundschaft hatten und gleichzeitig wussten,
dass uns außer ihr nichts anderes blieb. Verschwörerische
Treffen, bei denen Karnstedt in der Stille unseres Ver-
stecks all seine Gedanken, Ideen und Phantasien aus-
packte, die er sonst unter Verschluss hielt – wertvolle Prä-

parate, die man nur selten aus dem Schutz der Dunkelheit nehmen und dem Licht aussetzen sollte. Ich durfte sie sehen. Mir erklärte er seine abstruse Sammlung, seine Vorstellungen einer Welt, von der er nicht mehr erwartete als eine Erklärung für sich selbst, für die eigene Andersartigkeit.

Der Moderator der Radiosendung kann Karnstedt nicht folgen, fragt verzweifelt, was er denn mit der Aussage meine – die Evolution des Menschen sei eine Spiegelung des Menschen …

«… es – trennen – uns – immer – noch – sieben – Millionen – Jahre – von – der – Kreatur – die nicht – Affe – und – nicht – Mensch – gewesen – war – das – meine – ich – …»

… Aber die Funde! Die unzähligen Funde; es sei doch nur eine Frage der Zeit, bis sich die Kette geschlossen habe.

«… Das – hat – schon – Darwin – gesagt – darum – geht – es – nicht – es – geht – um – Motivation –»

Aus Karnstedt war kein Abenteurer geworden; keiner, der im Malematal Hügel aus roter Erde abträgt. Wir hatten es uns so vorgestellt – damals – ja, aber er war nicht dafür gemacht. Karnstedt hat nie in der prallen Sonne nach Knochen suchend unzählige Steine in den Fingern gedreht. Er war der Typ Forscher, der auf einem Klappstuhl im Schatten saß und schrieb, der unter der Hitze und der Angst vor Schlangen litt und stänkerte. «Afrika! – Wiege – der – Menschheit – Jagd – nach – dem – missing – link … und – die Resultate? Der Fund eines Australopithecus-Kieferfragments? Zwei Backenzähne?»

Er kommt in Fahrt.

«Das lässt zwar die Helfer Gesänge anstimmen und Pläne machen, was sie sich von der Prämie kaufen können, und vielleicht reicht die Story für die Lektüre im Wartezimmer beim Zahnarzt. Aber das fehlende Glied in der Kette unserer Vorfahren ist noch nicht gefunden worden, und alles andere interessiert offenbar nicht. Nur eine Frage der Zeit, bis wir Spuren von ihm finden; wenn nicht heute hier, dann morgen woanders, sagen die Maulwürfe. Und überhaupt, was heiße schon das fehlende Glied?! Es ist ja nur eines von vielen, die wir noch nicht gefunden haben. Aber wir werden sie finden. Alle. Verlassen Sie sich drauf. Alle. Die Stänkerer werden noch tellergroße Augen machen.»

Karnstedt schimpft auf die Hominidenforscher, auf ihre Phantasielosigkeit und Sammlerwut – der Moderator kommt nicht mehr zu Wort.

«Sie sollten besser aufhören, ihre Siebe zu schütteln, diese Goldgräber! Sie sollten sich aufrichten, den Rücken gerade machen und hoch zum Himmel blicken! Wie es unsere Vorfahren getan haben. Vielleicht haben sie ja deshalb den aufrechten Gang erlernt, weil sie dem Himmel näher sein wollten als der Erde!»

VII

Er ist der neue Edward Cope, Frau Selmer! Sie kennen doch sicher den Fossiliensammler aus Amerika – ein kleiner großer Lamarckist, 19. Jahrhundert –, über zwanzigtausend Exemplare hat er der Nachwelt hinterlassen. Simon Welde ist auf dem besten Weg ...»

Karnstedt genoss jeden Moment seines Auftritts. Sein Triumph erfüllte geradezu den Raum.

Sie kam auf mich zu, gab mir die Hand. Ich spürte einen Ring an ihrem Finger, einen schmalen Ring. Ein Ehering, dachte ich sofort, was mich seltsamerweise beruhigte. Ich konnte sie ansehen und ein Lächeln versuchen.

Auch sie lächelte. Für einen Augenblick roch ich ihr Parfüm, und ich schämte mich dafür. Aber ich hörte nicht mehr auf, sie anzusehen, konnte den Blick nicht mehr von ihr lassen. Ich nahm alles an mich, und ich dachte nicht daran, es je wieder herzugeben.

Ich hatte nicht gewusst, was es heißt, jemanden zu begehren. Ich kannte Geilheit, das Gefühl für einen Augenblick, eine Erregung, die nur sich selber wollte und sich schnell vergaß, aber dieses Begehren wollte mehr, wollte den anderen – zielte auf Erfüllung und Erinnerung.

Ich hatte nie damit gerechnet, sie nicht mehr wiederzuerkennen, wenn ich ihr begegnete. Ich war mir immer sicher geblieben. Das Traumbild vom Abend am See – es hatte nie aufgehört zu existieren. Karnstedt hatte nur die Zeitläufe noch einmal gekreuzt, und die Frau, die gerade noch nackt vor mir gestanden hatte, zog sich jetzt vor meinen Augen an, strich sich den Reif in ihr dunkles, von silbernen Strähnen durchzogenes Haar, tuschte die Wimpern, ließ ihre Lippen glänzen, schlüpfte in ihre unvorstellbare Wäsche, ihre dunkelblaue Bluse und die schwarzen Strümpfe und den grauen Rock und die Schuhe. Für mich.

«Es ist nicht unangenehm, aber ich glaube, Sie sollten meine Hand jetzt loslassen.»

Sie lachte leise. Wir sahen uns um.

Tummer ließ uns nicht aus den Augen, obwohl sein Vater an ihm zog und zerrte, die Kabel der Vitrinenbeleuchtung zu verlegen, während Karnstedt mit Mengel Details der Ausstellung besprach und mir zuzwinkernd alle Versuche des Hausmeisters abwehrte, uns zu stören. Er hatte es gut eingefädelt, wirklich gut.

«Kommen Sie.»

Sie ging zur Treppe, rief den anderen zu, dass sie unten für alle Kaffee mache – und fügte laut genug für Tummer hinzu:

«Herr Welde, wir können dann schon mal den Ablauf besprechen.»

Ich wusste nicht, wo ihr Büro war, aber sie ließ mich voraus gehen. Sie wollte mich nicht im Rücken haben.

«Da links.»

«Dr. Ellie Selmer» stand an der Tür. Ellie. Es schoss mir durch den Kopf, dass Tummer sie mit diesem Namen ansprach, immer wenn sie alleine waren. Ich blieb einen Moment zu lange vor der Tür stehen, und sie erriet meinen Gedanken.

«Kein Mensch hat mich je Elisabeth genannt.»

«Elisabeth ist schöner.»

Das war albern und kindisch, sie erwiderte nichts.

Das Büro war noch nicht eingerichtet. Es roch nach Farbe, aber auch schon ein wenig nach Kaffee und Rauch. Auf leeren Regalbrettern lagen Dosen mit Schrauben und Dübeln, eine Schreibmaschine stand noch verpackt in der Ecke, daneben die Kaffeemaschine. Sie ging in die Hocke und schaltete sie ein, dabei drehte sie den Kopf.

«Alles schon vorbereitet. Setzen Sie sich.»

Der Schreibtisch am Fenster schien schon ganz ihr zu gehören. Zwei Fotos standen dort, schräg im Metallrahmen. Ich sah ein kleines Mädchen auf einer Wippe und sie selbst neben einer jungen Frau, beide lachend, mit aufgerissenen Augen und wehendem Haar in die Sitze einer Gondel gepresst, die Erinnerung an eine Achterbahnfahrt. Die Kaffeemaschine zischte und gurgelte. Die junge Frau war in meinem Alter.

«Ihr Freund – Karnstedt? – ist sehr belesen …»

Die Zunge klebte mir am Gaumen.

«… ich bin froh, dass er mich auf Sie aufmerksam gemacht hat. Wunderschöne Stücke haben Sie da …»

Sie setzte sich mir gegenüber.

«Sie sammeln also im Steinbruch Ammoniten – wenn Sie nicht gerade im See baden.»

Sie sah mir in die Augen. Sicher hatte sie geglaubt, den Bann brechen zu können, indem sie es aussprach, mir einen Schritt voraus war. Aber ich ließ mich nicht überrumpeln. Es machte mich mutiger, dass ich nun am Zug war. Dass sie auf eine Entgegnung warten musste, gab mir einen Vorsprung.

«Ist das Ihre Tochter auf dem Foto – da auf der Wippe und der Achterbahn?»

Sie drehte irritiert das Foto weg.

«Hören Sie, das mit … Sie wissen schon … es ist so, wie Sie denken, aber auch anders.»

«Sind Sie seine Tante?»

«Was?»

Sie lachte lauthals los.

«Wie kommen Sie denn darauf? Mein Gott!

Sie lachte.

«Auch das noch, als wär's nicht schon schwierig genug!»

Ich hätte ihr ein Taschentuch geben sollen. Es hätte mich noch stärker gemacht, ihr ein Taschentuch zu geben.

Sie beruhigte sich, stand auf und goss uns Kaffee ein.

«Hören Sie, ich muss Ihnen das nicht erklären! Ich will es auch nicht! Wir sind jedenfalls kein … meine Güte, wie soll ich … wir gehen nicht … ach, das ist doch Scheiße!»

Sie ruderte mit den Armen.

«Sie haben mit ihm geschlafen, ich weiß. Ich brauche

keinen Grund zu kennen. Ich will nicht wissen, wie es dazu kam. Sie sind neu hier, die neue Leiterin. Sie kommen aus einer anderen Stadt, oder? Ich kann mir keine Gelegenheit vorstellen, wie Sie und Tummer – aber das ist auch besser so. Ich mag mir das nicht vorstellen. Tummer ist das Letzte! Ich mag mir nicht vorstellen, wie Sie beide und warum ...»

«Hören Sie – ich finde Tummer auch nicht ...»

«Und wenn Sie es nicht mehr tun, ist es mir auch egal. Sie wären sowieso Ihren Job los, was? Bevor Sie richtig angefangen hätten. Ich bin nicht blöd, Frau Dr. Elisabeth Selmer. Deshalb sitz ich doch hier. Aber keine Angst, von mir erfährt keiner was.»

Ich konnte nicht mehr aufhören, trommelte und schlug mit Worten auf sie ein. Ich hatte zu viele Briefe geschrieben, allein in meiner Bude. Ich wusste nicht einmal, ob ich das alles wirklich sagte. Sie gab mir ein Taschentuch. Ich sprang auf.

«Und dann?»

«Ich rannte aus dem Büro.»

Aus dem Kaffee für alle war nichts geworden. Ellie Selmer war nicht mehr nach oben gekommen, und der irritierte Mengel hatte schließlich Karnstedt und mir einen Schlüssel für das Museum überlassen. Wir würden ja alleine klarkommen. Tummer war keine Zeit geblieben, mit uns abzurechnen. Nachdem sie die Beleuchtung installiert hatten, war er im Schlepptau seines Vaters abgehauen.

«Und über Tummer hat sie nichts gesagt? Hier – dein Pana … Parma …»

«Parapuzosia – nein, aber ich glaube, sie mag ihn auch nicht. Klingt blöd, oder?»

Karnstedt gab mir den Ammoniten, den schönsten Fund. Nur ein Bruchteil der mitgebrachten Steine und Knochen passte in die Vitrinen. Bis in den Abend hinein hatten wir die Zusammenstellungen verändert, um für das Stück genügend Platz zu bekommen. Wie in der Auslage eines Juweliers lag der Parapuzosia leuchtend auf dunkelblauem Samt.

«Wie bist du auf die Selmer gekommen?»

«Ich war mir nicht sicher, hab es mir zusammenge-reimt. Im Anzeiger stand dauernd etwas über das neue Museum, seit Wochen. Ich las ein Interview mit ihr, sah ihr Foto. Und hatte das Gefühl: Die könnte es sein. Als ich erfuhr, dass Tummers Vater die Vitrinen …»

«… Hast du sie gesehen, mit ihm?»

Karnstedt nickte.

«In Tummers Werkstatt. Hat an ihr rumgefummelt, fühlte sich unbeobachtet. Aber sie hat ihn abgelöscht. Die weiß genau, was sie will – und wann.»

Karnstedt schloss die Vitrinen.

«Dann kam mir der Einfall mit der Ausstellung. Es würde der Frau Doktor gefallen, das Museum für die jungen Leute attraktiv zu machen, hab ich mir gedacht. Sie hat ja ein Faible für die Jugend!»

«Ach, lass doch!»

Karnstedt legte den Arm um meine Schulter.

«Junge, schlag dir die Frau Doktor auf dem Kopf. Du hattest dich da in etwas verrannt – und jetzt ist es gut. Wir haben es Tummer gezeigt, was?!»

Er ließ die Museumsschlüssel klimpern.

«Sollen wir …?»

«Ihre Tochter ist in unserem Alter.»

«Ich sags ja – könnte Tummers Mutter sein.»

«Meinst du, sie hat mit ihm Schluss gemacht …»

Karnstedt überlegte.

«Vielleicht kommen wir damit ins Büro.»

Wir brauchten keinen Schlüssel, die Tür war offen. Ich stand dabei, als Karnstedt vorsichtig mit spitzen Fingern ihren Schreibtisch durchsuchte. Er hatte kein Licht gemacht, womöglich hätte Mengel, der gegenüber wohnte, das erleuchtete Fenster gesehen. Karnstedt knipste das Feuerzeug an, wenn ihm etwas interessant erschien.

«Quittungen, Rechnungen … hier ist ein Brief.»

«Das ist nicht richtig, was wir da machen.»

«‹Das ist nicht richtig, was wir da machen.› Wo hast du denn *den* Satz her … willst du was über Tummer wissen oder nicht!?»

«Du willst was über Tummer wissen.»

«Der ist von ihrer Tochter!»

Ich hielt für Karnstedt das Feuerzeug.

«… *verstehen … jetzt lieber bei Manfred in Hamburg bleiben … Sybille … ganz ok … gute Freundinnen …*»

«Was heißt das?»

«Das heißt, dass ihre Tochter bei ihrem Vater leben will, den sie Manfred nennt, weil man heute nicht mehr Papa sagt, und dass Manfred eine Neue hat, die viel jünger ist als unsere Frau Dr. Selmer, und dass Frau Dr. Selmer Probleme mit dem Älterwerden hat, was zu unüberlegtem Handeln führt.»

Ich nahm Karnstedt den Brief aus der Hand, um ihn selbst zu lesen. Nichts davon stand in den Zeilen. Für mich war es nicht mal sicher, ob sie wirklich von ihrer Tochter stammten. Ich sah Karnstedt abfällig an.

«Du und deine Geschichten ... das kann alles Mögliche bedeuten.»

«Alles Mögliche?» Karnstedt schüttelte den Kopf. Er ging zur Tür und war schon im Begriff hinauszugehen, als sein Blick auf eine Bücherkiste fiel. *Der Mythos vom schwachen Geschlecht* von Elaine Morgan. Er blätterte in den Seiten und sagte ohne aufzublicken im Hinausgehen:

«Weißt du eigentlich schon das Neueste? Lisa Gernwohl ist schwanger.»

Dann warf er mir den Museumsschlüssel zu und ging.

Das Buch hatte er einfach mitgenommen.

VIII

Es war ein Freitag, sie feierten im Laden. Jeder, der seinen Lottoschein abgab, gratulierte Simon und nahm sich eine Hand voll Erdnüsse oder Kartoffelchips. Simon stand herum wie die Illustrierten im Regal. Der Laden füllte und leerte sich, und keiner ging hinaus, ohne wenigstens kurz in ihm geblättert und dabei bemerkt zu haben, dass er an Seiten immer umfangreicher wurde. Seine Mutter war glücklich. Selbstvergessen verbuchte sie die Scheine an der schweren Lottokasse, als stünde sie an einem der einarmigen Banditen im Billardcenter und spielte um ihr eigenes Glück.

Simon war siebzehn geworden und alterslos geblieben. Alles schien an ihm vorüberzugehen, ohne Spuren zu hinterlassen.

Er begann eine Vergangenheit zu haben, was an Elisabeth Selmer und der bevorstehenden Abiturprüfung lag und ihn stolz und irgendwie vollständig machte, aber er hatte keine Vorstellung von der Gegenwart. Immerhin ahnte er in manchen Momenten, welche Zeit an ihm und ihnen vorbeitickte und -lärmte. Er bekam ein Gespür dafür, dass sie laut war, bunt, geil, gewalttätig, eintönig. Er war vier Jahre jünger als die *Creme 21*, und die *TWEN-*

Hefte holte sich Lisa. Die Hefte mit der nackten Haut, die man für die Creme brauchte.

Über Lisa wurde nicht gesprochen. Entweder hatten sich alle Bewohner der Bergstraße zu Stillschweigen verpflichtet, was mehr als unwahrscheinlich war, oder Karnstedt war der Einzige, der von ihrer Schwangerschaft wusste. Aber woher? Simon zweifelte keinen Moment daran, dass es stimmte. Und er zweifelte auch nicht daran, dass Kattwick sie geschwängert hatte. Irgendwie hatte Karnstedt davon erfahren, hatte wahrscheinlich schon von dem Verhältnis gewusst, bevor er mit dem «Erfinden» seiner Geschichten angefangen hatte. Sicher hatte er die beiden einmal beobachtet, ohne ihm etwas davon zu sagen. Das wäre eine Erklärung gewesen. Simon suchte nach einer Erklärung.

Karnstedt war ihm unheimlich geworden. Sein Freund, der ihm seit Jahren vertraut gewesen war, mit dem er alles, seine Einsamkeit, Sehnsucht und Liebe, geteilt hatte, entzog sich ihm. Er war zu einer Art Zauberer geworden, der sich darin gefiel, Simon ständig mit neuen Auftritten und Tricks zu verblüffen. Natürlich war er auf den Gedanken gekommen, dass Karnstedt womöglich Angst hatte, ihn zu verlieren. Mit Simons unsäglicher Liebesgeschichte drang etwas Fremdes in ihre Freundschaft. Die Außenwelt, vor der sie sich immer erfolgreich abgeschottet hatten, musste Karnstedt jetzt bedrohlicher erscheinen als ihm. Aber für Simon waren die Nächte, die sie zusammen in seiner Bude verbracht hatten, nie Erfüllung gewesen: Das Zusammensein mit Karnstedt war immer Ersatz geblieben. Karnstedt und Simon waren Gefangene oder Soldaten im Kampf gegen die Welt oder, wie es Karnstedt am liebsten sah, Schiffbrüchige auf einer einsamen Insel. Und wie in jedem Gefängnis, in jeder Kaserne, auf allen einsamen Inseln verschafften sie sich etwas Lust in Ermangelung einer Alternative. Es blieb unausgesprochen, weil es so zwangsläufig erschien. Simon war gar nicht auf die Idee gekommen, dass Karnstedt mehr für ihn empfinden könnte. Bis zu jenem Freitag, an dem er in den Laden kam, um ihm sein Geschenk zu bringen.

Sie waren nicht verabredet. Zwei Tage lang hatten sie sich nur in der Schule gesehen, kaum miteinander gesprochen. Simon verübelte Karnstedt den Auftritt in Ellie Selmers Büro, während Karnstedt ganz damit beschäftigt war, Tummers Verhaltensweise zu studieren, die sogar ihn zu verwirren schien. Tatsächlich verhielt sich Tummer ruhig. Er wirkte eingeschüchtert, ging Simon und Karnstedt aus dem Weg – womit sie nicht gerechnet hatten. Kein Wort über das Treffen im Museum, keine Bemerkung über Simons Ausstellung. Bei Löwe saß er mit hängendem Kopf im Unterricht und ließ die anderen in seiner Clique Witze machen. Er wartete. Sie warteten. Auf die Eröffnung, auf die Prüfungen, auf den großen Knall. Denn dass es einen geben würde, war ihnen allen klar.

Simon hatte mit Karnstedt nicht mehr gerechnet. Obwohl am Ende der Bergstraße der Himmel brannte und zuckte und es vom Rummelplatz durch die Nacht dröhnte wie an jedem seiner Geburtstage.

Doch Karnstedt kam. Kurz vor Ladenschluss. Simons Mutter wollte mal nicht so sein – wie sie sich ausdrückte – und schraubte noch einen Piccolo auf.

«An so einem Tag wird keine Vanillemilch getrunken!»

Wahrscheinlich wollte sie einfach nicht allein sein und hatte geglaubt, Karnstedt würde ihn nur abholen. «Wo steigt denn die Party», fragte sie, und Karnstedt antwortete: «Hier», worauf sie einen Moment stutzte, um dann selig lächelnd eine James-Last-Kassette in den Radiorecorder zu schieben. Die letzten Kunden wollten nicht mehr gehen, neue kamen hinzu, und nachdem sie schon abgeschlossen hatte, drängten sich zehn Leute in dem kleinen, verrauchten Raum. Draußen wurde es dunkel.

Simon wusste nicht, wie viele Piccolos er getrunken hatte. Die grünen Fläschchen reihten sich auf dem Tresen. Wackelig stand er in ihrer Ecke der ausgestellten weiten Welt, als ihm Karnstedt das kleine Päckchen gab.

«Alles Liebe zum Geburtstag.»

Er wickelte ein Etui aus, auf dem der Name einer Goldschmiede stand. Erstaunt sah er Karnstedt an – und er hielt die Kette mit dem Bernsteinanhänger schon in Händen, ohne überhaupt begriffen zu haben, dass es Karnstedts Geschenk für ihn war. Karnstedts Bernstein, selbst gefunden am Strand während der Ferien in Dänemark –

gefasst an einer Kette. Simon starrte auf die eingeschlossene Mücke, die wie in Honig eingesunkenen, verdreht weggespreizten Beinchen, hörte Karnstedt sagen, «für dich», und dachte nur «Schmuck» – er schenkt mir Schmuck.

«Ich kann das nicht nehmen.»

«Was?»

«Ich kann das nicht nehmen.»

«Hot Love», sang im Hintergrund der Chor von *James Last's Beach Party*. «Hot Love» klatschten die Hände und trommelte der Schlagzeuger, ohrenbetäubend, zwischen zischenden Ventilen und Mikrofonstimmen.

«Ist schon in Ordnung!», brüllte Karnstedt. «Kann mir keinen Besseren als dich vorstellen!»

Ich kann es ja unter dem Hemd tragen, dann sieht es keiner, dachte Simon. Karnstedt ließ ihn an seiner Zigarette ziehen. «Hot Love» – er hörte die Musik wie durch Watte, schmeckte den Rauch. Es war ein Geschmack, den er nicht kannte.

«Da kommt die Geisterbahn richtig gut ...»

Sie schoben sich durch die Menge, am *Polypen* und *Scooter* vorbei, drängten zum *Neandertal*, wo die blonden, mit Lebkuchenherzen behängten Mädchen neben ihren Kerls schon Schlange standen und auf die Zweiergondeln warteten.

Der Riesenaffe richtete sich auf, die Pressluft fuhr in seine Glieder, schüttelte sein Fell. «Zwei Erwachsene!»

Karnstedt nahm die Tickets und lächelte Simon an. Er

wollte auch auf einen Zweier warten, und sie standen auf den geriffelten Blechplatten wie auf der Laderampe eines Lkw, während der Affe über ihnen nickte, unaufhörlich, wie blöd geworden, und die rot geäderten Augen in ihren Höhlen rollte. «Willkommen, willkommen, ihr habt es so gewollt, hahahaha ...», schepperten die Lautsprecher.

Karnstedt zog Simon neben sich in die Gondel, schloss den Bügel. Er legte den Arm um ihn. Ich muss es ihm erklären, es ist alles ein Missverständnis – Simons Gedanken holperten durch den Kopf, taumelten und waren nur damit beschäftigt, Halt zu finden.

Der Affe brüllte und ließ die Gondel vorwärts ruckeln. Sie schlug durch die Schwingtür und wurde ins schwarze Innere gezerrt.

«Ich versteh das schon ... du musst es erst mal ausprobieren ...»

Karnstedts Stimme in der Dunkelheit, wo plötzlich Zähne blitzten, einschlugen, sich um Simon drehten, weg in eine Nische, zum verfallenen Tempel ...

«mit einer Frau. Das macht nichts.»

Hua! Die Bilder zogen Schlieren ... hinauf ...

«Du kannst dich entscheiden ... wenn du es kennst ...»

Pumpen, Drähte.

«Mach's mit der Selmer, sie mag dich, ich weiß das ...»

Lianen über die Köpfe hinweg, eine Horde Affen mit Menschengesichtern.

«Sie wird es tun ... sie muss es tun ... du weißt zu viel.»

... abwärts ... Tarzans Jane in Fetzen ... Affen zwischen ihren Beinen geduckt … bis sich der Magen umstülpt.

Der nackte Affe legte ihm die Kette um den Hals, nestelte am Verschluss herum.

Simon hielt still, fühlte Fingerspitzen – viel später musste das gewesen sein.

«Ich weiß Bescheid, Simon.»

Simon sah die Dachluke über ihnen und einen hellen, leuchtenden Stern.

Er strich Simon übers Haar.

Varming, 14. September

Karnstedt war weit davon entfernt, eine Theorie von der Entwicklung des Menschen zu haben. Was ich in seinem Arbeitszimmer an Aufzeichnungen fand, war eine Enzyklopädie der Seltsamkeiten und Eigenarten – mehr aber auch nicht. Mutmaßungen über die Henderson-Skelette, geistreiche Essays über Fälschungen von Fakten – angefangen vom manipulierten Schädel des Piltdown-Fundes bis zum verloren gegangenen Peking-Menschen – über Forscher und Wissenschaftler, deren Eitelkeit und Geltungsdrang Ergebnisse hervorbrachten, die mehr über sie selbst als den Gegenstand ihrer Forschung sagten. Was jedoch alles nicht reichte, um die bekannten Modelle der Entwicklungsstufen des Menschen derart zu erschüttern und in Misskredit zu bringen, dass sie sich womöglich erledigt hätten. Es mochte sein, dass die Skelette auf Henderson Überreste einer von der Gesellschaft verstoßenen Gruppe von Einzelgängern gewesen waren, Sonderlinge, die anders liebten, anders dachten, anders aussahen, vertrieben von der Familie, die sie als unheimlich, als Gefahr für das Gemeinwesen betrachtete. Das war möglich, vielleicht sogar wahrscheinlich, aber nicht zu beweisen. Das waren ebenso Spekulationen wie Karnstedts Versuch, hinter all den Knochenfunden von «Viertel-Affen» und «Halb-Menschen» nach der Seele dieser Geschöpfe zu fragen, nach ihrem Bewusstsein, nach ihrem Glauben. Letzten Endes noch immer ungeklärte Entwicklungen wie der aufrechte Gang, in dem Karnstedt keinen zwingenden evolutionistischen Vorteil sah, weil er – physiologisch eher instabil – die Kreatur weder schneller noch geschickter im Umgang mit Waffen machte, hatten in ihm die Lust am Widerspruch geweckt, hatten ihn dazu gebracht, nicht länger an die immer gleichen mechanischen Erklärungsmuster der Anthropologen glauben zu wollen, sondern nach neuen Modellen zu suchen.

Karnstedt begeisterte sich für die von Alister Hardy verfochtene Theorie des *Aquatic Ape*, die unsere Entwicklung zum Menschen nicht als Landbewohner der Savanne, sondern als eine Art «Wasseraffe» beginnen lässt, einem Primaten, der sich über Tausende von Jahren einem Leben im Wasser und an der Küste angepasst hatte, weil es dort Nahrung im Überfluss gab und für den Nachwuchs weit besseren Schutz vor Gefahren als in der trockenheißen, gefährlichen Savanne. Fehlende oder rudimentäre, nach der Stromlinienform ausgerichtete Körperbehaarung, die Möglichkeit der Bildung von Fettdepots, das Schwitzen und Weinen zur Regulierung des Salzhaushaltes zeugten heute noch von den «Verwandtschaftsbeziehungen» zu anderen Wasserbewohnern wie den Walen, Delphinen und Ottern. Elaine Morgan, hartnäckige Verfechterin dieser Gedanken, hatte damit in den Siebzigern in ihrem Buch *Der Mythos vom schwachen Geschlecht* gegen den Chauvinismus der männlichen Wissenschaftler gekämpft, die an ihrer Savannen-Theorie des jagenden Tarzans festhielten, der allein über Waffen- und Werkzeuggebrauch die gesamte Evolution beförderte, ohne sie wirklich plausibel zu machen. In ihrem Buch hatte Karnstedt alle Argumente gefunden, die ihn – haarlos, wie er war – zu einem Auserwählten machten. Hatte sich an ihm die menschliche Entwicklung nicht geradezu vollendet?

Der Mensch ist nicht nur der einzige Primat, der in der Lage ist, Tränen zu vergießen – er ist überhaupt das einzige Lebewesen, das über sich selbst weinen kann, stand als Randnotiz auf einem Manuskript, ein Satz, den ich gedruckt im Katalog einer Kunstausstellung wiederfand, zusammen mit Aufnahmen, die Karnstedt im Mittelpunkt einer Performance zeigten: der nackte Karnstedt, ausgestellt in einer Vitrine: «Die Krönung der Schöpfung – Der haarlose Hominid».

Die Fotos trieben mir heiße Wellen in den Kopf. Ich hatte keine Vorstellung gehabt, wie Karnstedt heute wohl aussehen mochte. Im ganzen Haus habe ich keine Fotografie gefunden, und alle Beiträge und Artikel von ihm waren ohne Abbildungen des Autors gewesen. Ihn so unvermittelt vor mir zu sehen, nackt, war mir seltsam fremd und vertraut zugleich. So einer wie der war früher 'ne Jahrmarktsattraktion, hörte ich den Sanitäter im Krankenwagen flüstern. Ich erkannte wieder den kleinen, in blaue Folie gepackten Jungen, den Freund, der mich in den Schlaf gestreichelt hatte, den Halbstarken, der auf seine Art stärker als alle anderen zusammen gewesen war und nie eine Gelegenheit ausgelassen hatte, die Welt, die ihm nicht gehörte, zu provozieren. Nur etwas dicker war er geworden.

Aber mir wurde auch noch etwas anderes bewusst: Aus dem Wissenschaftler Karnstedt war in den Jahren ein Freak geworden, einer, der sich nackt ausstellen ließ, um Aufmerksamkeit zu erregen, im Mittelpunkt zu stehen. Einer, dem alles zuzutrauen war.

Jetzt erst ist Karnstedt für mich wirklich verschwunden. Jetzt, nachdem ich seine Stimme gehört, ihn gesehen, in seinem Arbeitszimmer seine Arbeiten gelesen habe, empfinde ich die Ungeheuerlichkeit seiner Handlung und ein Drängen, sie aufzuklären. Das Warten hat aufgehört.

Simon rief im Wikinger-Museum in Ribe an und erkundigte sich nach Paula Albertsens Arbeitszeiten.

Gegen halb zwei verließ er Karnstedts Haus.

IX

Simon wurde seinen roten Kopf nicht mehr los. Schon von weitem leuchtete er ihm aus der verspiegelten Tür zum Museum entgegen. Die Selmer sollte bloß nicht meinen, es läge an ihr. Schon lange lief er mit dieser Abiturlampe herum, angezündet vom Öffnen der Umschläge mit den Prüfungsaufgaben, von der Panik in den ersten Minuten, wenn er vom Gelernten nichts mehr wusste, und von der Aufregung, wenn das Wissen zurückkam – so plötzlich, dass er keinen Anfang fand. Schließlich schrieb er hitzig die Seiten voll, vorgefertigte Formulare – Name, Thema, Seite –, die Uhr im Auge und Karnstedt im Nacken, der sich aus der ganzen «Wichtigtuerei» einen Spaß machte. Dem Tummer fühlte sich Simon näher, der köchelte wie er selbst auf kleiner Flamme; der verbrachte mit Sicherheit auch die Tage und Nächte mit Pauken und verbot sich, an die Selmer zu denken. Simon hatte aus seiner Bude eine Burg gemacht, verschanzt, unerreichbar, sogar für die eigenen Gefühle. Er hatte seine Gedanken in eine Richtung gezwungen: die Prüfungen. Karnstedt rief jeden Tag an, aber die Zugbrücke blieb oben. Die Einsamkeit wurde ihm zur Konzentration, er wollte sie nicht teilen.

Jetzt war alles vorbei. Auch die letzten Nachprüfungen

waren gut gelaufen, das Mündliche – um eine halbe Note, rauf oder runter – hatte sowieso keine Rolle mehr gepielt. Simons Mutter platzte vor Stolz, nur das war wichtig. Ihr Sohn hatte das Abitur in der Tasche; ein gutes Abitur, daran bestand kein Zweifel. Allein Karnstedt würde ein besseres haben. Ihr Laden war zu einem Hort der Intelligenz geworden.

«Was hätte dein Vater wohl gesagt?»

Simon zuckte mit den Achseln. «Ach, Mama.»

Simon hatte alles richtig gemacht. Wie ein Mann hatte er die Aufgaben und Unwägbarkeiten des Lebens gemeistert. Dem Festakt der Museumseröffnung war er ferngeblieben. Sollten sie doch seine Exponate ohne ihn feiern! Schon die Vorstellung, nochmals zwischen Tummer, Karnstedt und der Selmer zu stehen, hatte ihn krank gemacht. Seine Ammoniten wurden in der Zeitung erwähnt, mit dem ausgesprochenen Lob der Museumsdirektorin. Schön war es gewesen, seinen und ihren Namen in einem Satz zu lesen – das hatte ihm gereicht, die größtmögliche Nähe. Die Gefühle waren stumpf geworden und hatten sich schließlich gegeben. Simon glaubte, das Schlimmste überstanden zu haben. Morgen würde er in aller Herrgottsfrühe mit den anderen zusammen im Bus sitzen und in die Freizeit fahren. Er säße ganz hinten, würde im Schlafsitz weiterdösen, bis zum ersten Halt an einer Raststätte. Löwe hatte ihm und Karnstedt auf die Schulter geklopft: «Die Besten der letzten Jahrgänge! Ich hab unser Reiseziel für euch ausgesucht!»

Simon drückte die Klingel des Büros. Es war ein Montag im Juni. Und montags war Ruhetag. Er wusste nicht, was es zu besprechen gab; es ging wohl um die Ausstellung. Der Öffner summte. Simon hatte mit dem Herzklopfen gar nicht mehr gerechnet.

Ellie Selmer hielt ihm den Rücken zugewandt, als er das Büro betrat. Sie stand am Fenster, reglos wie eine Puppe. Das blaue Kostüm und die schwarzen Nylonstrümpfe knisterten nicht. Er hätte sie gerne von draußen gesehen, hätte gern unten auf der Straße gestanden und zu ihr hochgeblickt, wo sie für ihn unerreichbar in einem Schaufenster stand. Damenmode – das Wort hatte ihm schon immer gefallen.

Nichts passierte. Die Stille dröhnte in seinen Ohren. Die dunklen Museumsräume, die verwaisten Flure, alle Stille hatte sich hier versammelt und wartete. Simon schluckte trocken. Er musste etwas sagen, er musste sich beruhigen ...

Ellie Selmer drehte sich um, schritt, ohne ihn anzusehen, an ihm vorbei zur Tür, die sie leise zudrückte und abschloss. In Simons Kopf begann es zu rauschen. Ellie stand vor ihm, sah ihn an, er konnte nicht sprechen – und er sollte es auch nicht. Sie öffnete ihre Jacke.

«Besser, wir beenden die Sache ...»

Der Satz schoss in Simons Magen, hallte im Kopf, während sie die Jacke auszog und an den Stuhl vor dem Schreibtisch hängte. Ein Bürostuhl, drehbar, mit Spinnfüßen auf staubigen Rollen, sah und dachte Simon, und er fühlte, wie sich seine Hose zu spannen begann, sein Mund trocken wurde. Sie trat ihm gegenüber, öffnete einen Knopf seines Hemds; ihre Finger streichelten seinen Hals, fanden die Kette.

«Ein schöner Anhänger.»

«Ich trag ihn nur, weil er ein Geschenk ist – von Karnstedt.»

«Er mag dich sehr.»

Er roch ihren Duft, mit jeder Bewegung trug sie ihn zu ihm. Er streckte die Arme aus. Ohne es zu wollen, berührte er ihre Brüste. Simon schluckte trocken.

«Hat er Ihnen das Buch zurückgegeben?»

«Nein – aber wir haben geredet.»

Jeder konnte es ihm ansehen. Sie hatte Simon danach aus dem Büro geschoben, aus dem Museum auf die Straße – und alles, was ungesagt geblieben war, glänzte noch in seinen Augen.

Besser, wir beenden die Sache ... Wie konnte sie das sagen? Jetzt, in diesem Moment, fing für ihn alles erst an. Er ging am Laden seiner Mutter vorbei, klopfte ans Fenster, winkte ihr zu. Die Kunden drehten erstaunt die Köpfe zu ihm. Er lachte sie an. Er liebte sie alle.

Fahrt nach Bulbjerg

Der Tag war sonnig. Er ging zu Fuß nach Ribe. Er wollte sich über den grenzenlosen Himmel und die duftenden Weiden freuen – mit erhobenem Kopf durch das Brennnesselgestrüpp am Ufer des Flusses stapfen. Schritt für Schritt, dachte Simon, könnte er Karnstedts Haus und die Manuskripte hinter sich lassen, das Regal mit den abgegriffenen alten Büchern, die ihm wie Überreste aus einem verlorenen Krieg erschienen, endlich vergessen.

Ich muss Jahre an diesem Ort verbracht haben, aber ich habe kein Maß für die Zeit. Irgendwelche Wesen müssen mich versorgt haben, doch ich kann mich an keine Person außer mich selbst erinnern, noch an irgendetwas Lebendiges außer den lautlosen Ratten und Fledermäusen und Spinnen.

Lovecraft war Karnstedts Lieblingslektüre gewesen. Nach Tummers Unfall hatten ihn die Sätze aus den Gruselgeschichten, die Karnstedt auf der Klassenreise gelesen hatte, jahrelang verfolgt. Seit er nach Varming gekommen war, spukten sie ihm manchmal wieder im Kopf herum. Als hätte er nach einer vermeintlich längst überwundenen Krankheit einen Rückfall erlitten und sich noch einmal in das Fieberlabyrinth verirrt. Jetzt – durch Paula Albertsen – hoffte er den Ausgang endgültig zu finden.

Auf engen, gepflasterten Wegen kam er in die Stadt, zwischen Spielzeughäusern vorbei an roten, leuchtenden Ziegelmauern, die sich in der Sonne wärmten. Keine verbeulten Zigarettenautomaten, kein Geruch von Soßenwürfeln. Simon sah durch ein Fenster in die ausgestellte Behaglichkeit. Über dem Kamin standen funkelnd geschliffene Gläser, die das Licht fingen: für die Blicke der anderen. Wie dunkel Karnstedts Haus dagegen war; keine Bleibe, ein Versteck. Heimat hatte es für Karnstedt nie gegeben. Und hier? Hier spiegelte sich der ganze Himmel in den Scheiben, und gerade deshalb wollte man bleiben – heimisch werden. Heimelig, anheimelnd – alles, was warm und glücklich macht, fiel ihm in dieser Stadt ein. Simon fragte nach dem Weg zum Wikinger-Museum, nur um eine Stimme zu hören. Er hatte den Touristenbau aus Glas und Stein schon erkannt, und schon von weitem sah er die Plakate auf der Glasfront des Eingangs, dutzendfach den Schriftzug nebeneinander und übereinander. Dauerausstellung: Polynesier – die Eroberer der Südsee.

Karnstedts Spur.

Der junge Mann von der Information zuckte mit den Achseln. Sein Namensschildchen am Revers stellte sich schief: Jörgen. Er lächelte Simon an.

«Tut mir Leid. Dame Albertsen schon im Wochenende, früher Schluss gemacht – in Ferienhäuschen an Meer gefahren!»

Simon war nicht überrascht. Obwohl er nicht angemeldet war, hatte er im Moment, als er das Museum betrat, schon geahnt, dass er Paula hier nicht antreffen würde – nicht in ihrem Büro, nicht in einer Cafeteria. Für ihre Begegnung konnte es nur einen Platz geben. Das wusste er jetzt.

«Bulbjerg?»

Jörgen nickte bedeutungsvoll.

«War Schlag gewesen, als Doktor Karnstedt … nicht nur für sie.»

Jörgen wich seinem Blick aus.

«War Frau Albertsen …?»

«Nein. War unterwegs, hat später erfahren, dass er dort … wie sagt man – Deutsch macht Schwierigkeit, manchmal. Aber Doktor zu sagen ist richtig, ja? DOKTOR Karnstedt.»

«In Deutschland sagt man manchmal so, ja, der akademische Grad gehört zum Namen – ein Quatsch.»

«Aber alte Dame Albertsen hat immer nur Karnstedt genannt. Nicht einmal Herr! Ich habe auch nicht seinen Namen gekannt, den nahen, meine ich.»

Simon spürte einen Stich.

«Frau Albertsen hat eng mit Doktor Karnstedt zusammengearbeitet?»

«Manche Tage wir haben hier nur Deutsch gesprochen. Wenn auch Doktor Karnstedt von nicht viel Worten. Deshalb oft in Bulbjerg gewesen – dort nur Vögel.»

Jörgen sah ihn hilflos an, als hätte er plötzlich seine Worte verloren.

Simon griff nach dem Ausstellungskatalog.

«Reiselektüre.»

«Willst du nicht in Ausstellung?»

Hastig riss er eine Eintrittskarte ab.

«Für dich frei! Als Freund von Doktor!»

Er drückte Simon die Karte in die Hand, ihre Hände berührten sich.

«Ich kann dich begleiten. Hast du Stadt schon besehen? Es gibt schöne Kneipen. Wir könnten reden. Ich muss doch Deutsch üben. Ich hab viel noch nicht gesagt. Wir waren mehr als …»

Simon schüttelte den Kopf. Er musste raus hier, schnell raus.

Er nahm den letzten Zug in den Norden. In Winthrops Büro hinterließ er eine Nachricht – mit dem Vorwurf, von ihm nichts über Paula Albertsen und Karnstedts Aufenthalte in Bulbjerg erfahren zu haben. Er hätte das Recht gehabt, alles über Karnstedts Verschwinden zu erfahren, jetzt hole er sich die Informationen selbst, und das werde das Letzte sein, was er in Dänemark tue.

Eine endlose Fahrt stand ihm bevor; Umwege über die großen Städte, Regionalverbindungen mit Bussen zur Küste, die er wahrscheinlich nicht rechtzeitig erreichen würde. Erst spät in der Nacht käme er in Bulbjerg an – wenn überhaupt –, wurde ihm am Schalter gesagt, und dass dort nichts sei außer einer geschlossenen Bunker-Ausstellung und dem Vogelfelsen. Er solle doch am nächsten Morgen fahren. Er war nicht davon abzubringen. Ihn erwarteten Paulas schwarze Schuhe vor dem Haus am Strandvej 5 – Jörgen hatte ihm bereitwillig die Adresse gegeben, für einen «Freund von Doktor!». Dem nächtlichen Besucher würde sie nicht entkommen können, es war eine einmalige Gelegenheit. Auch wenn Simon schon im Abteil sitzend nicht mehr wusste, ob er wirklich alles wissen wollte, was «Dame Albertsen» wusste, und mit dem Gedanken spielte, einfach in die Bahn am Gleis gegenüber umzusteigen – nach Kiel, nach Hamburg. Weg. Aber er konnte jetzt nicht mehr aufhören. Er war sich sicher: Karnstedts Geschichte ließ sich nur durch diese Frau beenden. Und sein Aufenthalt hier auch.

Der Zug fuhr in einen glasklaren Nachmittag.

Simon schlug den Katalog auf. *Die Besiedlung der pazifischen Inselwelt. Die Segelfahrzeuge der Polynesier* – während er durch Ackerland und die Schatten der Windräder ratterte. Wald hatte hier einmal gestanden, bevor das Holz zu Planken, die Planken zu Schiffen, die Schiffe zur Seemacht geworden waren. Karnstedt schrieb über die Eroberung fremder Welten, die die eigenen verödet hatte; über Macht, die nur das Ziel kannte, sich selbst zu erhalten.

Soviel Simon wusste, hatte Karnstedt nie die pazifische Inselwelt bereist. Die abenteuerlichen Überfahrten nach Henderson Island hatten sich damals nur in ihren Köpfen abgespielt. Sie wären nie zu den beiden Haudegen geworden, die im selbst geschnitzten Einbaum bewiesen, dass man in solchen Gefährten die Welt umsegeln konnte. Aber sie hätten womöglich – wären sie zusammengeblieben – Reisen unternommen und ihre Zeit auf Schiffen und in Zelten verbracht, wie es sich Karnstedt immer erträumt hatte. Das Forscherpaar. Zu dumm, dass er «das Paar» wirklich ernst gemeint hatte. So waren ihm nur die Bilder der Illustrierten vor Augen geblieben.

Schlafwandlerisch wechselte Simon die Züge, bis er sich schließlich abends auf dem überfüllten, in gelbes Licht getauchten Bahnsteig von Alborg wiederfand, der letzten großen Stadt vor Paulas schwarzen Stiefeln im Sand. Sein Mund war ausgetrocknet, als hätte er die ganze Zeit gesprochen, einen stundenlangen Dialog geführt. Jetzt löste sich Karnstedt im Strom der Passanten auf, wurde weggetrieben, in die Halle, zu den Ausgängen, auf die Straßen. Am Meer würde er ihn wiederfinden, das wusste Simon. In einem Kiosk kaufte er sich blaues Wasser. *Blå* stand auf der Plastikflasche, die er im Gehen austrank, nach den Omnibussen suchend.

Von Reisetaschen und Koffern geschoben, stieg er in den Bus der Linie *Hanstholm*, dem Fährhafen nach Norwegen. Auf halber Strecke würde er aussteigen und ein Auto nehmen müssen, ein Taxi oder einen Kleinbus auf Bestellung vielleicht.

Er rutschte tief in den Sitz und schloss die Augen. Draußen glänzten Lichter im Limfjord. Bis der Bus die Stadt verließ und in der Dunkelheit verschwand.

X

Das blaue Schild zur Autobahnauffahrt zog an ihnen vorbei, der Verkehr wurde Richtung Frankfurt dichter.

«Andere fahren nach dem Abi nach Paris oder Rom. Und wir? Ins Sauerland!»

«Was interessieren mich Höhlen!»

Die Clique war sauer.

«Die gibt's auch auf der Alb!»

Charlie schlug ein hart gekochtes Ei auf.

«Das haben wir dem Eierkopf zu verdanken!»

Sie drehten sich auf seinen Fingerzeig an den Sitzen vorbei nach hinten, zu Karnstedt und Simon, die ihre Nasen in einen Stapel Zeitschriften steckten, die Simons Mutter für die Fahrt spendiert hatte.

Karnstedt blinzelte Charlie schläfrig an.

«So! Darfst du jetzt auch mal 'ne große Klappe haben! He, Tummer, leih mal dem stellvertretenden Filialleiter hier deine Lederjacke! Macht mehr her, als von Mamas gekochten Eiern zu essen.»

Charlie klebte der Mund zusammen, aber Tummer, der abseits von den anderen mit dem Kopf ans Fenster gelehnt ins Zwielicht stierte, reagierte nicht. Die Clique war enttäuscht.

149

Karnstedt zwinkerte Simon zu und legte die Hand auf seinen Schenkel.

«Ich freu mich so auf die Reise. Endlich haben wir wieder mehr Zeit – jetzt, nachdem alles vorbei ist.»

«Ich hol mal von Löwe die Karte.»

Simon stand auf und schwankte durch den Mittelgang nach vorne. Karnstedts Kette schnürte ihm den Hals zu. Schwer wie ein Ziegelstein zog sie an ihm.

Löwe saß neben dem Fahrer und ließ sich gut gelaunt das Sauerland erklären.

«Ah, Simon! Herr Möllenkotte hier hat mir gerade empfohlen, mit Ihnen die Reckenhöhle in Binolen zu besuchen – das wäre doch das Richtige für uns Forscher, was meinen Sie?»

«Für Schulklassen gibt's bestimmt noch 'ne Extraführung. Ich kenn die Leute persönlich. Die Höhle ist in Familienbesitz. Tolles Ding, richtiges Abenteuer, da reinzugehen.»

«Und unser Heim ist auch nicht weit weg. Aber was wollten Sie denn, Simon? Kann ich etwas für Sie tun?»

Simon lächelte gezwungen.

Er sah sich um; nur neben Tummer war noch ein freier Platz.

«Wann sind wir denn ... Wo machen wir Rast?»

«Ich kann ja rausfahrn, wenn du mal musst.»

Simon brauchte frische Luft. Und Mut. Er ging am Klohäuschen vorbei in den Wald hinein. Nachdenken, für sich sein, wenigstens ein paar Minuten. Aus dem Bus plärrte Radiomusik. Karnstedt stand vor der offenen Tür und wartete; er würde nicht aufhören, auf ihn zu warten. Simon musste mit ihm reden. Sie könnten doch Freunde bleiben, sie hätten immer noch eine gemeinsame Zukunft. Als Zeichen dafür trug er seine Kette.

Simon ging außer Sichtweite. Der Bus verschwand langsam hinter den Bäumen. Die Autobahn rauschte.

«He! Welde!»

Tummer stand direkt vor ihm. Simon zuckte zusammen. Er hatte nicht bemerkt, wo er hergekommen war.

«Du warst bei ihr?»

Simon zitterte. Tummer würde ihm nichts tun, sagte er sich – nicht hier, wenn Löwe und die ganze Klasse in der Nähe sind.

«Was geht dich das an?»

«Ich bin der Einzige, den das was angeht.»

Seine Stimme klang nicht bedrohlich. Das machte Simon noch viel mehr Angst.

«Du warst bei ihr. Ich hab euch gesehn. Ich stand unten auf der Straße, hab hochgeschaut zu ihrem Fenster. Was habt ihr gemacht?»

Tummer kam einen Schritt auf ihn zu.

«Du hast mir nachspioniert?!»

«Brauchte ich nicht. Dein schwuler Freund gab mir den Tipp – dieser Sack; 'nen feinen Freund hast du da!»

Das Wort traf Simon wie ein Hammer. Schwul. Natürlich. Das einzig treffende Wort; Simon konnte sich nicht erklären, warum er es für Karnstedt noch nicht einmal gedacht hatte. Karnstedt war schwul. Und er selbst als sein Freund war es für alle anderen auch. Tummer hätte nie damit gerechnet, dass sich Simon für Ellie Selmer interessieren könnte.

«Was habt ihr gemacht?»

Simons Kopf wollte platzen. Als hätte er ein Vexierbild vor Augen, als wären aus einem klaren Bild plötzlich zwei geworden, hin und her geschwenkt, jedes so richtig und falsch wie das andere. *'Nen feinen Freund hast du da.* Woher hatte Karnstedt von dem Treffen mit Ellie gewusst? Hatte er Tummer nur davon erzählt, um ihm eins auszuwischen?

«Los! Machs Maul auf!»

Besser wir beenden die Sache. Was hatte Ellie damit gemeint …?

Tummers Faust schoss nach vorn, traf Simon an der Schulter und drehte ihn ins Gebüsch.

«Sie gehört mir! Los, machs Maul auf – was habt ihr gemacht!»

«Nichts, nichts! Tummer, hör doch auf damit.»

Er machte einen Satz zwischen Simons Beine, packte ihn an der Jacke, zog ihn zu sich hoch. Tummers Gesicht brannte. Es war nicht mehr wiederzuerkennen – nur noch eine Fratze aus Wut und Hass. Er holte aus.

«Karnstedt!»

Tummer drehte sich um.

Karnstedt riss seinen Arm nach hinten, versuchte ihn zu umklammern, doch ihm fehlte die Kraft. Er konnte dem ersten Schlag noch ausweichen, der zweite erwischte ihn ...

«Es war alles deine Schuld!»

... in den Magen ...

«Du hast alles eingefädelt! Sie hätten sich nie kennen gelernt ...»

... ins Gesicht ...

«Tummer! Aufhören! Um Gottes willen! Was ist denn los, verdammt ...»

... noch mal ...

... bis ihn Löwe und der Busfahrer, die schnaufend herbeigelaufen waren, wegzerrten und festhielten. Karnstedt presste, vor Schmerz gekrümmt, die Unterarme auf den Bauch. Als Simon die Hände ausstreckte, um ihn aufzurichten, hob Karnstedt den Kopf und sah ihn an. Er lässt sich für mich zusammenschlagen, dachte Simon, er hat's für mich getan.

Statt den Netzen waren Schnüre über die Platten gespannt, und nebenan drehten die abgeschabten Fußballer an ihren Schaschlikspießen lange hohl, bevor Tore fielen. Dicke Lagen Klebeband ersetzten die Griffe.

In den kurzen seltenen Pausen nach den Toren, wenn das Rattern und Knallen, das Geschrei und Gejohle bis zum nächsten Ball aussetzte, konnte man das Sekundenklackern der Tischtennisbälle durchs Haus hallen hören. Die Räume im Keller rochen nach Rauch. Zigaretten waren streng verboten.

Zum Rauchen musste man nach draußen gehen, unter tropfenden Bäumen stehen, auf Blättern und durchgeweichten Kippen in der gleichen Farbe, mit verschmiertem Blick in den Frühstücksraum, durch den die Herbergsmutter huschte und die Tische deckte. Da zündete man sich lieber – weil das bisschen Ärger nach dem Abi sowieso egal war – auf dem Zimmer eine an.

Sie waren zu zweit in einem Dreibettzimmer untergebracht, eine Dachbude wie in der Bergstraße. Simon lehnte sich aus dem offenen Fenster und klopfte die Asche hinaus. Karnstedt las *Lovecraft* auf dem Stockbett; ein Buch aus der Hausbibliothek, die aus einem Regalbrett bestand. Die Geschichten waren wie für ihn gemacht, solange er so aussah, mit dicker Nase und blutroten Schwellungen auf der Stirn. Er wäre eine tolle Attraktion für die Geisterbahn, meinte Simon. Sie lachten Tränen. Sie verstanden sich. Sie waren die besten Freunde. Und Karnstedt hatte keine Versuche unternommen, mehr zu wollen als das. Er war immer oben in seinem Bett geblieben, und sie hatten das Licht gelöscht, ohne Fragen zu stellen. Karnstedt hatte für Simon den Kopf hingehalten, allein das zählte.

Auf dem Heizkörper lagen schon ihre Klamotten bereit; nach der Nachtruhe wollten sie noch einmal los. Am dritten Tag nach ihrer Ankunft wollten sie endlich einmal Abenteurer sein. Draußen wurden immer wieder neue Zugänge zum Höhlensystem entdeckt, hatte der Höhlenführer gesagt, im Wald verborgene Doline, Einstiegslöcher, gefährlich für Unkundige. Henderson Island im Sauerland, das hatte was.

Karnstedt war schnell wieder auf den Beinen gewesen. Den «Vorfall» – wie Löwe die Schlägerei nannte – hatten sie unter sich geregelt. Karnstedt brauchte und wollte keinen Arzt, an Tummers Eltern ging keine Benachrichtigung. Es sei um ein Mädchen gegangen, hatte Karnstedt Löwe gesagt, was den Lehrer beruhigte. So was kam eben vor in dem Alter, man entschuldigte sich, gab sich die Hand, und der Fall war erledigt. Tummer zeigte sich verstockt. Löwe verhängte Hausarrest – er durfte am Ausflug in die Reckenhöhle nicht teilnehmen.

Karnstedt sah zwar ramponiert aus – auch sein blaues Auge kam durch den kahlen Schädel noch besser zur Geltung –, aber die «Abenteuerhöhle», von der der Busfahrer erzählt hatte, wollte er sich auf keinen Fall entgehen lassen. Karnstedts Erscheinung inspirierte den Höhlenführer, die Begehung noch theatralischer zu inszenieren, als er es wahrscheinlich sowieso immer tat. Er öffnete aus einem klirrenden Bund Schlüssel das Vorhängeschloss des Eingangs, drehte feierlich den Schalter für die Höhlenbeleuchtung, als würden sie alle im nächsten Moment in den Hades fahren. Nach den Regenfällen sei nur der kleinste Teil des Karsthöhlensystems begehbar, erklärte er mit besorgter Miene, einige Gänge und der kleine Saal – man solle sich also direkt hinter ihm halten und die Seitenarme nicht betreten.

Langsam gingen sie im Schein der Glühlampen durch die feuchtkalten Gänge, strichen mit den Händen über die schimmernden Kalkwände, bis sich der kleine Saal vor ihnen öffnete, *in festlichem Glanze geschmückt* – Löwe sinnierte über Erdgeister, die sich hier im Tanz drehten, während sich die Menschen oben durch ihren Alltag quälten. Den Mädchen und Simon gefiel es, Charlie und die Clique rülpsten und freuten sich über die Akustik. Die hohe gewölbte Decke schien von Reihen aus Tropfsteinsäulen getragen, ein Labyrinth aus Stalagmiten und Stalaktiten, in dem die Stimme des Höhlenführers und seine Erklärungen hohl und völlig überflüssig klangen. Es war ein Wunder, daran änderten Erklärungen nichts.

Simon glaubte, dass alles ein gutes Ende nehmen würde.

Er hatte es sogar als gutes Omen genommen, dass Tummer tags darauf beim Ausflug nach Münster wieder dabei sein durfte. Der Busfahrer legte für die Fahrt ihre eigenen mitgebrachten Kassetten ein, und so kamen sie in Partylaune im Naturkundemuseum an. Nichts erinnerte an zu Hause, an die Vitrinen im Heimatmuseum, an die *Simon-Welde-Collection,* an Ellie. Aufgeregt wie ein Kind hatte Simon nur den Riesenammoniten im Sinn, zog mit Karnstedt, den Museumsplan vor Augen, durch die Mineraliensammlung, bis sie endlich vor dem Parapuzosia standen, dem mächtigen urzeitlichen Wesen in Stein, größer als sie selbst. Es stand ihnen gegenüber, alt und stumm, aus einer anderen Welt gefallen, verloren. Simon fuhr mit den Händen seine Rillen nach, er konnte es nicht begreifen.

Für Tummer hatte er keinen Gedanken mehr gehabt. Als es Zeit geworden war, sich mit den anderen in der Cafeteria des Museums zu treffen, wunderte er sich, ihn plötzlich am Nebentisch sitzen zu sehen, alleine, vor einem Kartenspiel aus Ansichtskarten. Simon konnte die Motive sehen, fast alle aus dem Museumsshop waren dabei – der Riesenammonit fehlte. Die war Simons Trumpf. Tummer wusste, dass er eine an Ellie schreiben würde, da war sich Simon sicher.

Auf der Rückfahrt zum Heim begann es zu regnen. Und während die anderen für später noch Turniere im Kickern und Pingpong planten, waren sich Karnstedt und Simon einig gewesen: An diesem Abend würden sie noch einmal losziehen, um die Höhle auf eigene Faust zu entdecken. Nur sie beide, in den Wald, mit Taschenlampe und in Gummistiefeln. Keiner sollte davon erfahren.

... ich kam nicht mehr los von dem Gedanken, dass meiner Amnesie ein schrecklicher Tausch zugrunde gelegen hatte, dass mein anderes Ich tatsächlich eine aus unbekannten Regionen eingedrungene Macht gewesen war und meine wirkliche Persönlichkeit verdrängt hatte ...

Karnstedt legte sein Buch weg. Im Haus war es still geworden. Schon lange hatte keine Tür mehr geschlagen, aus den Zimmern drang keine Musik mehr in die Flure.

Sie zogen die Regensachen an und steckten ihre Taschenlampen in den Hosenbund. An den Waschräumen vorbei, durch den Keller nach draußen. Die Kellertür wurde nicht abgeschlossen, sie hatte nur innen eine Klinke; Karnstedt klebte die Falle des Schlosses ab, so konnte sie nicht mehr schließen, und sie kämen später wieder ins Haus. Alles klappte. Es war fast ein Uhr. Erst als sie schon ein Stück vom Heim entfernt waren, knipsten sie die Taschenlampen an.

Bulbjerg

Strandvej ... Strandvej ...»
Der Taxifahrer war ausgestiegen und suchte im Schein-
werferlicht nach Wegen, die er vielleicht übersehen hatte.
Simon stolperte aus dem Dunkel eines Feldwegs und
schüttelte den Kopf. Er atmete tief ein. Ein Brausen lag in
der Luft, nicht zu orten, woher es kam, von weit her und
doch ganz nah.

«Keine Namen. Aber es muss hier sein.»

«Wir fahren zurück noch einmal, wir haben Strandvej
übersehen, vorne an Kreuzung wahrscheinlich. Keine gute
Uhrzeit, um Besuch in Ferienhaus zu machen.»

Simon schüttelte den Kopf.

«Wir fahren noch ein Stück weiter, der Strand muss in
der Nähe sein.»

Karnstedt hatte es mit Sicherheit nicht weit gehabt.

Sie fuhren mit offenem Fenster. Die Nachtluft zog herein, und der Taxifahrer fingerte einen Flachmann aus
dem Handschuhfach. Sie waren schon lange zusammen
unterwegs. Er hatte mit Sicherheit noch nie einen deutschen Fahrgast nachts von einer unbesetzten Tankstelle
an der Landstraße abgeholt, den dort unvorschriftsmäßig
ein Linienbus abgesetzt hatte.

Er nahm einen Schluck.

«Kannst du nicht anrufen? Ich habe Mobiltelefon.»

Simon gab keine Antwort, rieb sich die vom Fahrtwind tränenden Augen – und sah für einen Moment am Ende des Weges einen schwachen Lichtschein, der sofort wieder erlosch.

Er wartete. Das Licht schien heller auf.

«Ein Leuchtturm?»

«Viel zu klein – und gibt keinen Leuchtturm hier.»

Sie fuhren schneller, und der Taxifahrer lachte laut auf, als sie schließlich zu einer Straßenlaterne kamen – wahrscheinlich der einzigen in ganz Bulbjerg –, die genau vor einem Häuschen mit der Nummer 5 stand, vor einem kleinen Ferienhäuschen aus Holz, genau so, wie es sich Simon vorgestellt hatte.

Das Licht flackerte, aber Simon konnte deutlich das Paar schwarze Schuhe sehen, das auf der Terrasse vor der Tür stand.

Er würde sich einfach auf die Holzdielen legen, wenn sie nicht aufmachte. Aber er wusste, dass das nicht passierte. Simon hatte schon einen Schatten am Fenster gesehen, als er den Taxifahrer bezahlte, und er musste noch nicht einmal klingeln, um sie an die Tür zu holen. Er fühlte, sie stand schon an der Tür bereit und horchte. Simon klopfte leise.

«Ich muss Sie sprechen. Ich war ein Freund von Karnstedt. Ich komme aus Varming.»

160

Simon blickte auf einen wirren Haarschopf. Zwei Köpfe kleiner als er, und er hätte sich bücken müssen, um ihr Gesicht zu sehen. Wie hatte es diese Frau fertig gebracht, ihm davonzulaufen? Nichts von der resoluten Alten, die er verfolgt hatte und der er in seinen Vorstellungen hinterhergejagt war.

Paula Albertsen hob den Kopf und sah ihn an. Sie streckte ihre Hand aus dem viel zu weiten Morgenmantel und hieß ihn hereinkommen, mit einer Bewegung, als würde sie sich endlich ergeben.

Der kleine Flur führte ins Wohnzimmer, das nach Asche und Lavendel roch. Kerzenlicht brannte unter einer Duftlampe, die neben gerahmten Fotografien auf einem Sims über dem Kamin stand.

Noch bevor sie etwas gesagt hatte, sah er das Bild: zwei Frauen, beide lachend mit aufgerissenen Augen und wehendem Haar in die Sitze einer Gondel gepresst, die Erinnerung an eine Achterbahnfahrt. Simon starrte es an.

«Albertsen ist mein Mädchenname. Paula heißt meine Tochter.»

Tummer war nicht zum Frühstück erschienen. Löwe ging aufgeregt von Tisch zu Tisch, keiner konnte sagen, wo er abgeblieben war. Charlie, der mit ihm ein Zimmer teilte und ihn am Abend zuvor offenbar zuletzt gesehen hatte, wusste nur, dass er schon am Einschlafen gewesen war, als Tummer gesagt hatte, er wolle noch eine rauchen gehen. Am Morgen war er nicht mehr da. Charlie glaubte, dass

Tummer die Nacht nicht in seinem Bett verbracht hatte. Die Mädchen wehrten ab, bei ihnen sei kein Tummer gewesen, keine von ihnen habe sich mit ihm getroffen. Karnstedt und Simon, die Löwe allein in einem Nebenzimmer befragte, sagten, bei ihrem Streit sei es nicht um ein Mädchen aus der Klasse gegangen – den Namen aber könnten sie nicht sagen. Sie wüssten auch nicht, wo Tummer stecken könnte.

Löwe war verzweifelt. Nachdem ihre eigene Suchaktion in der Umgebung erfolglos blieb, informierte er am Mittag Tummers Eltern und die Polizei.

Sie kamen mit Hunden, zirkelten Kreise auf eine Landkarte, durchkämmten den Wald, machten die Kreise größer, während Karnstedt immer wieder befragt wurde. Sie hätten sich ja nicht gerade gemocht, oder? Schon seit langem. Und der Streit? Um was war es da gegangen? Karnstedt hielt dicht.

Der Regen machte die Spurensuche schwierig.

Sie mussten länger als geplant vor Ort bleiben. Tummer wurde nicht gefunden. Doch nach achtundvierzig Stunden im Gelände ließ ein Polizist alle in den Frühstücksraum rufen und hielt mit spitzen Fingern einen Bleistift in die Höhe, an der eine Kette baumelte. Der Bernsteinanhänger funkelte im Licht. Ob sie die schon mal gesehen hätten, fragte er und ging auf die Mädchen zu.

Karnstedt sah Simon an und wartete. Doch Simon meldete sich nicht. Er saß stocksteif da und starrte auf den Boden.

«Der gehört mir», sagte Karnstedt ohne den Blick von Simon zu wenden, «ich habe ihn verloren.»

Simon trank; ein Glas, zwei Gläser, drei, ohne abzusetzen, schüttete er das Wasser in sich hinein. Er soff wie ein Tier, den Kopf über dem Waschbecken, den geöffneten Mund am Wasserhahn ließ er den Strahl in sich hineinfließen, saugte ihn ein, wollte randvoll sein, abgefüllt, als gelte es, ein ätzendes Gift zu verdünnen, seinen Körper auszuspülen, den Dreck fortzuwaschen.

Die Frau sah ihm stumm zu. Er wollte für sie keinen Namen denken. Keiner stimmte, nichts stimmte. Ellie Selmer gehörte in ein anderes Leben, in einen anderen Körper – diese Frau konnte nichts mit ihr zu tun haben.

«Ich habe dich bei Brugsen sofort erkannt.»

Er schüttelte den Kopf, presste seine Hände auf die Ohren. Sie hatte Ellies Stimme nur geliehen.

«Ich wusste ja, dass du in seinem Haus wohnst, aber ich hätte dich auch so erkannt. Du hast dich nicht …»

Sie stand auf, zögerte nicht länger. Sie legte ihre Hände auf die seinen, bis er den Widerstand aufgab.

«Ich wollte dich nicht wiedersehen. Er wollte es.»

Besser, wir beenden die Sache. Der Satz flog ihm zu.

Simon schrumpfte unter Paulas Blick, Ellies Augen – die ihn damals angesehen hatten. Sie hatte ihn in den Armen gehalten, ganz bei sich. Und er hatte geglaubt, das müsste ein Versprechen sein. Eine Verabredung gegen die Zeit, gegen die anderen.

«Wir haben alle einen Fehler gemacht, jeder einen anderen. Es ließ sich nicht beenden. Aber Karnstedt hat von uns allen am meisten gelitten.»

Simon zitterte. Sie hielt seine Hände fest.

«Wie er hier gelebt hat, Simon! Völlig isoliert, eingesponnen in seine Ideen, die niemand mehr hören wollte. Du wohnst in seinem Haus, du musst es spüren. Deshalb hat er dich doch hergeholt. Damit du es spürst. Mich hat er auch geholt.»

Sie wich Simons Blick aus.

«Hast du Hunger? Du musst doch den ganzen Tag unterwegs gewesen sein ...»

Die Frau, die Ellie war, ging zum Kühlschrank, schnitt Käse und Brot auf, damit sie Simon den Rücken zuwenden konnte.

«Ich habe seine Briefe nicht aufgehoben. Es waren Dutzende. Es konnte nicht einfach gewesen sein, meine Adresse rauszukriegen. Ich wohnte ständig woanders, trank zu viel, hatte keinen Fuß mehr auf den Boden bekommen. Ich war das, was damals vorgefallen war, nicht losgeworden. Sogar meine Tochter ...»

Sie sprach nicht weiter, drehte sich zu Simon, wies ihn zu dem kleinen Tisch am Fenster. Simon sah ihr zu, wie sie gesalzene Butter auf die Brotscheiben strich und ein Glas randvoll mit Milch füllte.

«Die erste Post bekam ich vor sechs Jahren. Ein Päckchen. Er schickte mir das Buch zurück: *Der Mythos vom schwachen Geschlecht.* Erinnerst du dich? Es habe ihm viel bedeutet, und er habe es jetzt durchgearbeitet, stand auf einem Zettel. Als wäre keine Zeit vergangen!»

Simon führte das Glas an den Mund und nahm einen großen Schluck. Er schmeckte Vanillemilch, und mit dem Geschmack überkam ihn eine grenzenlose Sehnsucht, die ihm den Hals zuschnürte und Tränen in die Augen trieb. Schnell wischte er sich den Milchbart weg.

«Für Karnstedt war in all den Jahren überhaupt nichts geschehen. Und seltsam – mir ging es genauso. Ich setzte mich hin, trank einen Schnaps und schrieb ihm. Ich weiß nicht mehr, wie viel Seiten – acht, zehn? Ich kotzte alles aus. Er hatte mir mein Leben verpfuscht, alles wäre anders gekommen ohne ihn! Ich erinnere mich an das Gefühl, als ich den Stapel Blätter in den Umschlag steckte – Befreiung, Glück! Ich erinnere mich, als ich die Adresse schrieb – *Varming, Vesterby – DK*. Und ich spürte, bei diesem Brief wird es nicht bleiben. Ich hatte einen losen Faden zu fassen bekommen. Da gab es einen, der an mir etwas gutzumachen hatte! Und wollte! Warum sonst hätte er mir geschrieben? Ich hatte natürlich nicht geahnt, dass ich einmal dort leben würde, dass mir Karnstedt eine Arbeit verschafft, ein Haus in seiner Nachbarschaft, seine Freundschaft anbietet – angeblich.»

«Angeblich?»

«Heute glaube ich, dass es ihm nur um dich ging. Es war ihm immer nur um dich gegangen!»

Tummer war ihnen in der Nacht gefolgt.

Karnstedt glaubte, einen Zugang zu den unterirdischen Seitenarmen des Reckensystems gefunden zu haben. Eine Höhle am Hang unterhalb des Waldes, hinter Wurzelwerk und Sträuchern verborgen. Viel zu groß für einen Tierbau, aber unscheinbar genug. Ein Stück weit konnten sie aufrecht hineingehen, dann verengte sich der Gang und war schließlich durch ein Eisengitter verschlossen. Karnstedt und Simon sahen sich an: Sie waren nicht hierher gekommen, um gleich wieder umzukehren. Ein Tritt gegen die verrosteten Stäbe reichte. Der dumpfe Schlag machte die Stille danach nur beklemmender.

Mit eingezogenen Köpfen gingen sie langsam weiter, kamen zu einem Schacht, der abwärts führte. Karnstedt duckte sich unter den engen Felsenbogen und leuchtete mit der Taschenlampe schmierige Lehmwände hinab. Das Licht floss auf einem Rinnsal in die Dunkelheit.

«Ein Kamin ...»

«... nach unten. Wer einsteigt, kommt nie wieder heraus.»

Karnstedt hielt die Taschenlampe unter sein Kinn und zog im Lichtschein eine Grimasse.

Im Brunnen, es lebt im Brunnen ... welche Erscheinung hatten sie mit ihrem Eindringen aufgestört? In welche unheimliche Traumwelt waren sie geraten?

«Hör doch auf, Mensch!»

Simon reichte es; er hatte Abenteuer genug. In ihren

166

Betten liegend könnten sie weiter phantasieren, sich für die restliche Nacht in *Lovecraft*-Geschichten einspinnen, nicht hier!

Am Höhleneingang erwartete sie Tummer. Breitbeinig, einen Prügel in der Hand – vielleicht war es eine Astgabel oder ein Scheit –, versperrte er ihnen den Ausgang. Er blendete ihre Augen mit der Taschenlampe, und Simon zog unwillkürlich den Kopf ein. Für einen Augenblick war es ganz still. Sie standen sich gegenüber, warteten, trauten sich nicht, zu sprechen oder sich zu bewegen.

Simon hörte Tummers Atmen, dann den Wind, der draußen rauschend mit einem Stoß in die Blätter fuhr. Regen schlug auf die Sträucher vor der Höhle. Ein plötzliches Getöse um ihn und die Trommelschläge seines Herzens, als wäre die Höhle zu einer übergroßen Ohrmuschel gewachsen, in der er kauerte – gefangen. Jetzt musste schnell alles gesagt werden.

«Ellie ... und ich. Wir haben nicht ...»

Tummer machte einen Schritt zu ihnen.

Jetzt sofort, bevor es zu spät war.

«Hörst du? Da war nichts ...»

Er drängte sie in den Gang zurück.

Simon warf einen Blick zu Karnstedt. Warum sagte er nichts?

Tummer hielt den Lichtstrahl in Karnstedts Gesicht.

«Deine Schuld – alles! Du hast sie doch erpresst! Sie sollte es doch mit ihm machen, oder? Damit er seine Klappe hält, so war's doch, oder? Sie würde ihren Job verlieren, wenn das mit ihr und mir rauskäme …»

Simon starrte Karnstedt an.

«Stimmt das? Sag doch was!»

Besser, wir beenden die Sache, hatte sie gesagt.

Karnstedt streckte eine Hand aus, drohte mit dem Zeigefinger.

«Halt's Maul, Tummer!»

Sie wichen vor Tummer zurück, immer tiefer in die Höhle hinein.

«Alles, nur um mir eins auszuwischen. Du Schwein!»

«Sei jetzt still!»

Dann stolperte Tummer über das herausgebrochene Gitter, das den Durchgang versperrt hatte.

«Aber sie hat's doch nicht gemacht!»

Sein Fuß verfing sich in den Stäben. Im schwankenden Licht seiner Lampe versuchte er wieder Tritt zu fassen.

«Sie tut mir nicht weh!»

Sprach weiter, wie irre.

«Sie will *mich*, Simon, hörst du!»

Simon konnte es nicht mehr hören.

«Das ist nicht wahr!»

Er warf sich schreiend auf Tummer, der stürzte und zu Boden fiel.

Klirrend zerbrach die Lampe. Jetzt war er endlich still.

Wie versteinert stand Karnstedt da, leuchtete auf Simon, der sich aufrappelte und zum Ausgang taumelte.

«Simon!»

Aber Simon blieb nicht stehen.

«Warte doch!»

Er spürte den Regen auf seiner Haut, rannte los, durch den Wald, durch die Dunkelheit, immer weiter.

Tummer wurde nicht gefunden. Wochenlang gab es kaum ein anderes Thema. Simon stand schweigend dabei, wenn im Laden seiner Mutter die Zeitungen herumgereicht wurden und die Männer aus der Nachbarschaft auf die Berichte im Stadt-Anzeiger tippten.

«He, Simon! Erzähl mal …»

«Was war denn los, Mensch!? Hattet ihr nicht Streit?» Seine Mutter sah ihn besorgt an.

Er habe alles schon der Polizei erzählt, mehr als einmal, sagte Simon und verkroch sich in Abenteuer und Expeditionen. Alles hatte er der Polizei erzählt – nur nicht die Wahrheit.

Monate vergingen. Aber die bunten Bilder und Berichte über ferne Welten wirkten nicht mehr, die Wunder und Geheimnisse hatten nichts mehr mit ihm zu tun. Es gab nur noch ein einziges Geheimnis auf der Welt – seines. Und es lastete auf ihm, steinschwer. Er wollte die Zeit zurückdrehen, alles ungeschehen machen, das Unglück und sogar das Glück.

Und als er am Regal in seiner Ecke stehend vom sensationellen Fund der beiden Fossilienjäger Gray und Johanson las, die gerade erst – am 30. November – das bisher älteste Skelett eines aufrecht gehenden menschlichen

Vorfahren entdeckt hatten, wünschte er sich nichts so sehr, als dass er wieder der alte Simon sein könnte – der Simon von früher, der sich mit Karnstedt verabredet hätte, in der Bude unterm Dach, um ihm davon zu erzählen: von Gray und Johanson, den beiden Freunden, die in der Nacht nach der Entdeckung nicht zu Bett gegangen waren, geredet und Bier getrunken hatten, während sie *Lucy in the Sky with Diamonds* vom Tonband hörten, immer wieder, in voller Lautstärke, um dem Skelett irgendwann an diesem unvergesslichen Abend den Namen Lucy zu geben. Lucy, die in die Geschichte eingehen sollte. Doch Karnstedt war weit entfernt, und der Weg zu ihm war voll gestellt mit Hindernissen – ungeklärten Fragen und Misstrauen. Stimmte es wirklich, was Tummer gesagt hatte? Stimmte es, dass Karnstedt Ellie erpresst hatte?

Ich habe alles, was ich getan habe, nur für dich getan, hatte Karnstedt in der Nacht gesagt, als er zu Simon ins Heim zurückgekommen war. Mehr war von ihm nicht zu erfahren gewesen.

Der Fall Tummer machte schließlich Schlagzeilen in den Sensationsblättern. Um Aufklärung bemühten sich neben der Polizei vor allem die Reporter. *Wo ist unser Freund?*, ließen sie die Clique auf den Titelseiten fragen und vermuteten tags darauf schon, dass dieser Freund es womöglich faustdick hinter den Ohren gehabt hatte. Von wem sonst stammten wohl all die Schmierereien auf den Häuserwänden, die seit Monaten die Kleinstadt beschmutzten, aus der der Vermisste stammte; die Kleinstadt, die jetzt jeder in Deutschland kannte. Tummer sei abgehauen, hieß es, habe sich nach Holland abgesetzt, ins Drogenmilieu.

Nicht einmal Lisa Gernwohls Fünfer im Lotto konnte die Aufmerksamkeit der Bergstraße davon ablenken, was die Reporter in dem mysteriösen Fall letzten Endes als große Enthüllung feierten – Tummer sei das Opfer einer Sexbesessenen gewesen.

Er war ihr hörig, aber sie wollte nichts mehr von ihm wissen!

Ellies Verbindung zu Tummer war aufgeflogen.

Simon schloss sich in seiner Bude ein. Aber vor dem Haus Nummer 54 in der Bergstraße blieb es ruhig.

«Sie haben mich für alles verantwortlich gemacht. Als mein Verhältnis mit Tummer aufflog, kam das allen recht – den Lehrern, den Eltern. Ich war das Schwein, Simon, du weißt es doch. Die Alte, die nur Sex im Kopf hat, treibt's mit einem Siebzehnjährigen! Ich hatte mit ihm Schluss gemacht, und er wählte aus Verzweiflung den Freitod – so hatten sie sich das zurechtgelegt. Mein Mann lebte mit einer Zwanzigjährigen zusammen! Hatte mich für eine verlassen, die so alt wie unsere Tochter war! Aber *ich* durfte mir nicht nehmen, was mir angeboten wurde! Und Tummer hatte sich angeboten. Vom ersten Moment an. Als ich in die Werkstatt seines Vaters kam, um die Einrichtung des Museums zu besprechen. Bei der ersten Begegnung hat er mich … *angemacht*. Er war kein schlechter Kerl. Ich hab ihn mir genommen, das war ein Fehler. Du und Karnstedt – ihr seid doch die Einzigen gewesen, die wussten, wie es wirklich war. Aber ihr habt geschwiegen.»

Der Führer der Reckenhöhle entdeckte die Leiche nach einem Unwetter. Anhaltende Regenfälle hatten den Kamin ausgewaschen und einen von Tummers Schuhen nach unten in den Seitengang gespült. Tummer selbst steckte noch im Kamin geklemmt.

Er war an einer Kopfverletzung gestorben. Fremdeinwirkung konnte nicht festgestellt werden. Außer einer kaputten Taschenlampe in der über dem Kamin befindlichen Höhle fand man wegen der starken Regengüsse keine Spuren. Ein tragischer Unfall. Wahrscheinlich hatte sich das Opfer zu weit in die über dem Kamin liegende kleine Höhle gewagt, sich dabei verletzt – wobei die Taschenlampe zu Bruch gegangen war – und in der Dunkelheit die Orientierung verloren. Warum sich Tummer in jener Nacht draußen herumgetrieben und was er dort unterhalb des Hangs in der kleinen Höhle gewollt hatte, blieb ungeklärt.

«Es wird schon hell.»

Sie werden zum Vogelfelsen gehen, auf dem Pfad hinunter zum Strand. Ellie wird ihm die Stelle am alten

Bunker zeigen, wo sie Karnstedts Sachen gefunden haben, und Simon wird glauben, in den Graffiti auf den Betonplatten Karnstedts Zeichen wiederzuerkennen – die Senkrechte mit dem Schlangenkopf und den beiden Pfeilen.

Er konnte dich nicht vergessen, hatte Ellie gesagt.

Simon öffnete die Dachluke und streckte seinen Kopf hinaus. Vor dem Haus an der Bergstraße stand ein Transporter mit offener Heckklappe. Lisa – glücklich, mit dickem Bauch – beobachtete, wie Kattwick ihre Habseligkeiten einlud. Sie küssten sich.

Karnstedt hatte den Karton mit den Ammoniten aus dem Museum gebracht.

«Ich will dich nie mehr sehen», sagte Simon, ohne sich umzudrehen.

Dank

Die Arbeit an *Karnstedt verschwindet* wurde durch Stipendien im Künstlerdorf Schöppingen und in den Künstlerhäusern Worpswede unterstützt.

Für Rat und Tat möchte ich meinem Kollegen und Freund Andreas Kollender danken, nicht weniger den alten Weggefährten «Giaco» Vogt und Rainer Gross für lange Gespräche, Daniel Malheur für seine Stimme, Jutta Heinrich für die inspirierende *Unheimliche Reise* und Gordian Maugg für das wundervolle Traumbild vom Abend am See in seinem Film *Die kaukasische Nacht*.

Dank gebührt auch meinem Agenten Joachim Jessen sowie Claudia Vidoni und dem gesamten Verlag für das Engagement.

Und last but not least den verlorenen Freunden.

Literatur

Die Passage über Gregor Johann Mendel wurde nach Ruth Moore, *Menschen, Zeiten und Fossilien*, Hamburg 1955, zitiert.

The Mystery of the Henderson Skeletons lehnt sich in Teilen an die Darstellung von Nathaniel Philbrick, *Im Herzen der See – Die letzte Fahrt des Walfängers Essex*, München 2000, an.